meu futuro namorado
THIAGO LORIGGIO

Copyright © 2023 by Editora Letramento
Copyright © 2023 by Thiago Loriggio

Diretor Editorial Gustavo Abreu
Diretor Administrativo Júnior Gaudereto
Diretor Financeiro Cláudio Macedo
Logística Daniel Abreu e Vinícius Santiago
Comunicação e Marketing Carol Pires
Assistente Editorial Matteos Moreno e Maria Eduarda Paixão
Designer Editorial Gustavo Zeferino e Luís Otávio Ferreira
Capa Memento editorial
Revisão Daniel Rodrigues Aurélio
Diagramação Isabela Brandão

Todos os direitos reservados. Não é permitida a reprodução desta obra sem aprovação do Grupo Editorial Letramento.

Dados Internacionais de Catalogação na Publicação (CIP) de acordo com ISBD

L872m	Loriggio, Thiago
	Meu Futuro Namorado / Thiago Loriggio. - Belo Horizonte, MG : Letramento ; Temporada, 2023.
	190 p. ; 15cm x 22,5cm.
	ISBN: 978-65-5932-300-5
	1. Literatura brasileira. 2. Romance. I. Título.
2023-683	CDD 869.89923
	CDU 821.134.3(81)-31

Elaborado por Odilio Hilario Moreira Junior - CRB-8/9949

Índice para catálogo sistemático:
1. Literatura brasileira : Romance 869.89923
2. Literatura brasileira : Romance 821.134.3(81)-31

LETRAMENTO EDITORA E LIVRARIA
Caixa Postal 3242 — CEP 30.130-972
r. José Maria Rosemburg, n. 75, b. Ouro Preto
CEP 31.340-080 — Belo Horizonte / MG
Telefone 31 3327-5771

É O SELO DE NOVOS AUTORES
DO GRUPO EDITORIAL LETRAMENTO

Para Sarah,

Que me mostrou que ser feliz não é tão complicado assim.

SUMÁRIO

capítulo um	7
capítulo dois	13
capítulo três	16
capítulo quatro	23
capítulo cinco	29
capítulo seis	34
capítulo sete	38
capítulo oito	41
capítulo nove	47
capítulo dez	51
capítulo onze	55
capítulo doze	58
capítulo treze	63
capítulo catorze	72
capítulo quinze	79
capítulo dezesseis	81
capítulo dezessete	86
capítulo dezoito	91
capítulo dezenove	97
capítulo vinte	101
capítulo vinte e um	104
capítulo vinte e dois	109

capítulo vinte e três	111
capítulo vinte e quatro	114
capítulo vinte e cinco	116
capítulo vinte e seis	121
capítulo vinte e sete	125
capítulo vinte e oito	129
capítulo vinte e nove	131
capítulo trinta	135
capítulo trinta e um	141
capítulo trinta e dois	146
capítulo trinta e três	150
capítulo trinta e quatro	156
capítulo trinta e cinco	158
capítulo trinta e seis	164
capítulo trinta e sete	167
capítulo trinta e oito	169
capítulo trinta e nove	174
capítulo quarenta	176
capítulo quarenta e um	179
capítulo quarenta e dois	183
Epílogo	187

capítulo um

— É, vai saber o que o amanhã reserva — comenta Lucas, cabisbaixo, caminhando com as mãos nos bolsos. O caminho da casa dele até a minha é de, no máximo, dois minutos, mas levamos quase dez. Dá pra ouvir os nossos pés arrastando pelo asfalto da rua suburbana, vazia numa noite de domingo. Os ecos do Carnaval ainda soam pela cidade, distantes.

— Nossa, que depressão é essa? — retruco, sorrindo para ele. — O filme era meio deprê, mas qual é, amanhã começa o terceiro ano! Colégio novo! Gente nova! Drama, emoção, aventuras!

— E estudo. Sério, a escola fez questão de começar as aulas na Quarta-Feira de Cinzas. Aposto que vai ter aulão todo o feriado — diz ele, suspirando. — A Ester disse que foi o pior ano da vida dela.

— Ela também disse que foi o *melhor*.

Chegamos na soleira da minha casa. Lucas está com o cenho franzido, mirando o chão.

— Como que foi o pior e o melhor ao mesmo tempo?

— Acho que vamos descobrir — Pisco para ele, subindo os degraus e destrancando a porta. — Até amanhã, Lucas.

— Boa noite, Maria Lúcia.

— Cala a boca! — digo, tentando soar severa. Não dá muito certo: o riso de Lucas é contagiante, cheio de energia. — Se você me chamar assim perto de alguém amanhã, eu vou…

— Vai o quê?

— Pensando bem, não vou. Quando você vier todo "ei, Malu, aquela menina ali tá me olhando", vou dar de ombros e dizer que não sei.

O riso de Lucas morre. Óbvio que estou blefando, mas, se conheço o Lucas, ele não vai arriscar. O Lucas é *bem* tapado. Se não fosse por mim ele nunca teria entendido nenhum dos olhares, nenhuma das mensagens, e olha que não foram poucas. Faz sentido: o menino mirrado que andava de bicicleta comigo cresceu, ficou forte, e graças a Deus cortou aquele *mullet* ridículo que ele achava o máximo com treze anos.

Lucas tem os olhos arregalados, a boca pendendo aberta, numa expressão tão cômica que não consigo ficar séria.

— Tá bom, então — diz ele, aliviado, quando rio. — Amanhã a gente pega o ônibus junto?

— Claro — respondo, abraçando-o apertado e entrando em casa.

Tranco a porta e espio pela janela da sala, escondida pelas venezianas. Lucas sempre fica na rua depois que entro, esperando para ver se está tudo bem. É meio fofo. Às vezes me pergunto se é algo a mais do que amizade; mas não, é só o Lucas.

Ele vai embora e expiro com força, deixando o sorriso morrer. Talvez eu também devesse estar ansiosa. A Ester falou que o terceiro ano voa, e antes que eu perceba outubro já vai estar aí. Nunca botei fé nisso, apesar de que ela ficou mesmo doida ano passado.

Não sei se vale a pena ficar doida. Nem sei se quero mesmo fazer Direito! Por um lado parece legal estudar as leis, ajudar pessoas, manter a ordem; por outro, não tenho ideia de como é a vida de advogada. Direito parece o curso genérico que as pessoas fazem quando não têm ideia do que querem da vida. Tipo Administração – que é, por sinal, minha segunda opção. Novo objetivo para o ano: descobrir o que eu quero fazer da vida. Até parece, como se fosse fácil...

Procuro pela minha mãe, mas ela não está. Ela comentou que ia chegar tarde: alguma festa do estúdio. Envio uma mensagem para ela, e aproveito para mandar um "oi" para Ester. Nenhum dos tiques fica azul. A mãe eu entendo, mas Ester costumava responder rápido. As aulas da faculdade dela começaram há alguns meses: o curso é trimestral, e tem um período letivo todo doido, aulas em janeiro, férias em maio, nada faz sentido. Desde que se mudou ela tá superocupada, estudando um monte de coisa, embora ela tenha comentado que iria em uma festa de Carnaval.

Entro no quarto e me jogo na cama, entre as roupas, a mochila, o caderno colorido... Lembro de quando fomos comprar material e eu sugeri vários cadernos coloridos, mas Ester quis algo bem chato, cinza.

Ela andava cheia de preocupações, pensando em aluguel, em arranjar bolsa, em quando poderia vir visitar. Tão adulta, tão madura. Tão *séria*. A nossa diferença de idade nunca atrapalhou, mas será que para a Ester Que Faz Faculdade a Malu Ensino Médio é muito criança? Tiro o celular do bolso, já digitando uma mensagem para Lucas, mas paro no meio. Já sei o que ele diria. Se a Ester amadureceu, virou, hã, uma Pessoa Séria, talvez seja a hora de eu virar também. Final do ano faço dezessete, afinal.

Tô pensando muito. Ester ainda não viu minha mensagem. Que saudade...

Não! Não é hora de ficar deprimida! Hoje é a minha última noite de férias! Preciso aproveitar! Preciso de algo pra me divertir, pra encher a cabeça, pra dormir tranquila e começar amanhã bem. Algo tipo... um jogo no PC!

Jogo os papéis da nova escola numa gaveta e abro o laptop, procurando algum jogo desses bem rápidos, viciantes, mas que enjoam rápido: "Crie sua civilização de formigas!" "Entre em guerras, pesquise tecnologias, crie sua cultura artrópode!" Isso, esse parece ótimo! Vai que eu aprendo algo sobre formigas, pode ser útil pro vestibular. Ok, criar uma conta...

Minhas mãos flutuam acima do teclado, congeladas. Minha mente vai para amanhã, para um garoto loiro e forte e alto conversando comigo. "Qual o seu e-mail, menina nova, pra eu colocar no grupo da turma?" "Ah, é lu gatinha dois-mil-e-cinco arroba yahoo...". Nossa, não, que vergonha. Se eu quero ser uma pessoa mais séria preciso de um e-mail decente. Tipo aquele que a Ester fez quando tava falando sobre procurar bolsa em laboratórios. Vamos ver, *gmail*, ok. Encaro o cursor, bolando o nome de usuário mais respeitável que consigo conceber.

marialuciadias@gmail.com

Este nome de usuário já está em uso. Tente outro.

Putz, tem outra? Bom, já era, deixa eu pensar em outro. *Marialuciadias* é muito grande mesmo, precisa ser mais curtinho, mais fácil de lembrar.

mldias@gmail.com

Este nome de usuário já está em uso. Tente outro.

Que saco! Todos os e-mails bons já existem! Essa é a desvantagem de chegar tarde na internet. Imagino quem conseguiu, sei lá, *mld@gmail.com*, esses supercurtos devem ter sumido rápido.

Será que uma Pessoa Séria estaria presa nesse tipo de divagação idiota? Talvez. Não sei.

— Oi, filha!

Pulo de susto, virando-me para a figura sorridente da minha mãe. Ela está com um vestido vermelho sério, nada carnavalesco, mas que combina muito mais com ela.

— Não faz isso, mãe!

— Isso o quê? — responde ela, sentando-se num espaço vazio entre as tralhas da cama. — Vejo que você já arrumou tudo para amanhã! Animada?

— Mais ou menos. Não sei.

Pelo sorriso, a festa estava boa. Por um segundo até considero se ela não está um pouco bêbada, mas minha mãe não bebe. Nada, nunca. Mesmo sorrindo ela tem um ar sóbrio, imponente. Franzo o cenho, pensativa.

— Mãe, como eu viro uma pessoa mais séria?

— Como assim?

— Não sei, tipo, mais adulta. Alguém que, sei lá, as pessoas vão olhar e pensar: "Puxa, ela é uma pessoa séria".

— Sei *exatamente* do que você está falando — retruca ela, ilegível. Nunca sei quando ela está falando sério ou me sacaneando. Na maioria das vezes é uma mistura dos dois. Revezes de ser filha de atriz. — Eu acho que esse tipo de coisa você tem que descobrir sozinha, filha. Todo mundo tem sua própria visão do que é uma pessoa séria.

— E qual é a sua?

— A minha... — Ela coça o queixo, pensativa. Daqui a vinte anos vou ver algo parecido no espelho: temos o mesmo nariz empinado, os mesmos olhos verdes pequenos, lábios bem desenhados... Ela é tão linda. A diferença é o cabelo: o dela é loiro, brilhante, enquanto o meu é castanho-escuro, como era o do meu pai. — Acho que, para mim, uma pessoa séria é alguém que não tem medo de ser quem ela é.

Minha mãe se levanta, dá um beijo na minha testa e sai do quarto. Fico ali parada com cara de boba. Sempre quis ver o que ela faz depois de soltar uma dessas: sai rindo de mim ou dá o assunto por encerrado e vai fazer outra coisa? Ela ama esses conselhos crípticos. E sempre me deixa pensando no que diz. Não ter medo de ser quem é...

O cursor pisca na tela.

maludias@gmail.com

A tela muda, parabenizando-me pela conta nova. Mais fácil do que eu esperava! E, como minha primeira ação como uma pessoa mais séria, vou usar este e-mail maduro para me registrar num site de um jogo sobre império de formigas.

Um e-mail de confirmação deve chegar na sua caixa de entrada nos próximos cinco minutos.

Cinco minutos? Como vou esperar essa eternidade toda? Tenho só duas horas de férias! Recarrego a caixa de entrada várias vezes, mas ainda só tem a mensagem genérica de "Bem-vinda ao Gmail". Que saco...

Meu celular vibra e o tiro do bolso rápido, já sorrindo, pensando que é Ester. O que vejo, na verdade, é só uma notificação do YouTube: "Escolha", um novo vídeo do Pensante.

Assisto um pouco, apoiando o celular na mesa e a cabeça na mão. As palavras entram por um ouvido e saem pelo outro. Vislumbro o laptop, e vejo que agora tenho três mensagens.

A primeira é o "Bem-vinda ao Gmail". Fechado, e assim vai ficar para sempre. Recebido às 7h59. A terceira é o registro do jogo. 8h01.

E, entre as duas, uma mensagem só com duas palavras no assunto.

"Oi, Malu."

As outras foram enviadas por "equipe alguma coisa", mas essa não tem nome. Só um endereço: *lb@gmail.com.* Um e-mail só de duas letras?

"Oi, Malu." 8h00.

Ninguém sabe que eu fiz esse e-mail. Não pode ser o Lucas ou a Ester, pode? Como alguém sabe que sou eu? Com o cenho franzido, abro a mensagem.

✉

"Malu,

Não sei se eu deveria estar te escrevendo. Não tenho ideia de quando (e nem de se) você vai fazer esse e-mail, então esta mensagem vai ser enviada todos os dias até que você receba. Nem sei por onde começar... Quando a gente namorava, discuti isso com você. Falamos sobre como a gente consertaria tudo, só que não é tão fácil. Eu tô tentando, juro que tô, mas não sei mais onde eu deveria me meter, ou o que é certo.

Desculpa, comecei tudo errado. Você não tem ideia do que tô falando. Você nem deve ter namorado ninguém ainda. Mas eu te conheço, Malu. Conheço as suas respostas ácidas, sua pokerface impecável, sua vontade de fazer tudo, sua preguiça despretensiosa... Ainda não tô fazendo sentido. Melhor falar de uma vez.

Eu voltei no tempo.

Voltei pra minha consciência de criança e refiz a minha vida. Desfiz os erros, consertei os arrependimentos, arrumei tudo que eu lembrava.... Mas não é tão simples quanto parece. Algumas coisas simplesmente acontecem.

Eu podia fazer tanta coisa pra você. Podia ter estado com você quando o Fofinho foi atropelado e você saiu pela janela e ficou esperando ele voltar a noite toda. Podia ter te consolado na festa de quinze anos da Ester, quando você foi chorar escondida no banheiro. Podia pelo menos te avisar pra tirar o computador da tomada na véspera do primeiro dia do terceiro ano, pra ele não queimar com o raio. Podia responder todas as dúvidas que eu sei que você tem, porque você me falou quais eram, e falou até quais respostas você queria ter ouvido. Não sei se podemos nos conhecer ainda.

Não sei por que tô te escrevendo. Hoje é seu aniversário de treze anos, e só consigo pensar em você. Acho que tô numa crise pré-adolescente. Tô com saudade, Malu. Queria voltar pro passado, o meu passado e o seu futuro, e estar com você. Lembro das noites com você olhando a lua e conversando, do apartamento que queríamos alugar... Não sei se aguento até a faculdade pra te conhecer de novo.

Te amo, Malu. Te amo mais do que já amei qualquer pessoa na vida. Nas minhas duas vidas. Talvez você saber disso já seja suficiente.

Espero que você perdoe a Ester, ela só queria o seu bem. Espero que a sua primeira impressão da Júlia seja melhor, ela vai te ajudar muito. Espero que você dê uma chance pra Má mais cedo. E, mais do que tudo, espero que você esteja bem. E que, um dia, possamos nos conhecer de novo.

LB"

Leio e releio a mensagem duas, três... dez vezes. Que história é essa? Ninguém sabe do Fofinho: eu tinha nove anos! *Ninguém* sabe do banheiro na festa da Ester. Nem ela, nem o Lucas, nem a minha mãe. Como essa pessoa sabe? Voltar no tempo? Perdoar a Ester pelo quê? Quem é Júlia, quem é Má? E, acima de tudo, quem é LB?

Lucas Borges?

capítulo dois

— A Malu já foi, Lucas.

Lucas não responde, e imagino a expressão confusa dele, que conheço tão bem. Minha mãe continua:

— Ela disse que esqueceu de resolver alguma coisa que não lembro, e saiu correndo tem uns cinco minutos.

— Ah, tá certo. Obrigado, dona Sônia. Encontro com ela no colégio.

Minha mãe fecha a porta e expiro aliviada, escondida na cozinha.

— Valeu, mãe.

— Disponha — responde ela, passando por mim e voltando ao seu café. — Espero que tenha valido um só-faz-isso.

Esse é o nosso arranjo para sobrevivermos juntas: o só-faz-isso-sem-perguntas. Uma sempre pode pedir algo assim da outra, o que dá direito a um saldo. Agora não posso pedir outro até ela exigir algo de mim, que preciso obedecer imediatamente e sem questionamentos.

Espio pela persiana e vejo Lucas com o celular na mão, virando a esquina. Logo sinto a minha bolsa vibrando com a mensagem dele. Mentir para ele me dá um nó no estômago, mas não vou conseguir olhar para a cara dele depois de ler aquele e-mail. Será que é alguma brincadeira bizarra? Como ele sabia da festa da Ester?

— Filha — começa minha mãe, entre goles de café. — Suponho que você não vai querer pegar ônibus com o Lucas. Como você vai para a escola?

— Ah. Não pensei nisso. Posso, hã, pedir uma extensão do só-faz-isso pra incluir uma carona?

— Isso não faz parte do acordo — retruca ela, calma, pousando a xícara na mesa.

— Mas mãe, foi muito rápido! Não deu pra explicar tudo que eu queria, não dava pra deixar ele lá, ia ser suspeito!

Minha mãe me encara com sua expressão severa de atriz. Nunca sei o que ela está pensando.

— Por favoooor — suplico, juntando as mãos.

— Ok, vai.

Logo estamos no carro, em silêncio. Talvez minha mãe esteja só cumprindo a parte dela do acordo, e não fazendo perguntas. Será que eu deveria mostrar o e-mail para ela? Não, vai que ela acha que é uma brincadeira de mau gosto do Lucas e decide brigar com ele. Mandei uma dúzia de mensagens pra Ester na noite passada, e ela ainda não respondeu. Bem quando eu precisava dela pra me ajudar a dormir! A Ester nunca demorava tanto pra me responder. *"Espero que você perdoe a Ester."* Pelo que, LB? Não é culpa dela estar ocupada com a faculdade.

Ainda não sei o que pensar sobre o e-mail. Viagem do tempo é obviamente impossível, mas como alguém sabia que eu fiz o novo endereço de e-mail? Ok, *maludias* é a minha cara, mas se a mensagem foi mesmo escrita no meu aniversário de treze anos, como esse LB sabia o que ia acontecer na festa da Ester? Além do mais, eu estava sozinha no banheiro. Nunca contei nada disso pra ninguém, mas é algo que me vejo confessando para algum namorado.

Não, besteira. O e-mail fala sobre cair um raio na minha casa na véspera do terceiro ano, e isso não aconteceu, então já tá errado. Ok, tirei o PC da tomada só por precaução, e me senti meio idiota fazendo isso. Mas qual a motivação, então? Me confundir? Será que esse é o jeito esquisito do Lucas dizer que gosta de mim? Ai meu Deus, e se eu mencionar o e-mail e ele se declarar? E se ele já souber que li e quando nos vermos ele vai me entregar rosas e dizer que me ama?

— Filha? Chegamos.

Em pânico, olho pela janela, vendo a aglomeração na frente do colégio. O lugar parece pequeno agora, com toda aquela gente ali, cobrindo as propagandas de número de aprovados no vestibular. Ai meu Deus aquele ali é o Lucas me esperando na porta? Não, é outro moreno, mais baixo... Estou suando frio. Olho para a minha mãe e vejo a expressão neutra dela se derreter em um sorriso maternal.

— Ah, filha, tá tudo bem. Primeiro dia é assim mesmo.

— Oi?

— Não precisa ficar nervosa. Não precisa ser "uma pessoa séria" também. Vai dar tudo certo.

Ela me dá um beijo na testa e sorrio sem graça antes de sair do carro. Minha mãe acena e acelera, deixando-me sozinha na multidão. É melhor entrar: a vantagem de ser baixa é que dá pra me esconder entre as pessoas. Visitei a escola antes, e ela parece muito menor agora, tão lotada. Rostos que nunca vi passam por mim, nervosos, animados, esperançosos, sonolentos... Vislumbro uma menina de cabelo verde, verde tipo neon, um cara que parece ter mais de dois metros... Os meus novos colegas conversam animados sobre aula, vestibular, simulados, e todas as coisas que eu deveria estar pensando. A multidão me carrega até as catracas — onde passo a carteirinha para entrar — e me cospe no corredor das salas do térreo. O primeiro sinal soa.

Todos se apressam até as salas e fico desorientada, por um momento entrando em desespero e esquecendo onde é a minha sala, mas logo lembro que ela fica no subsolo. Desço as escadas, sorrateira, e vejo Lucas lá dentro, na primeira fila, tirando o caderno da mochila. Tem um lugar vago ao lado dele. Fala sério, será que ele tá guardando pra mim? Na primeira fila, Lucas? Que sacanagem!

Lucas levanta a cabeça e colo as costas no corredor, saindo da vista dele. Ele sabe que li o e-mail, não sabe? Tem como saber isso? Mesmo que não souber, ele...

O segundo sinal soa. Olho para os lados e me vejo sozinha no corredor, tremendo e suando. Ouço passos nas escadas. Os professores indo até as salas? O que eu faço? Entro, sento ao lado do Lucas, finjo que nada aconteceu? E se ele... O que eu...

— Ei!

O sussurro urgente me tira da minha cabeça. Vejo alguém numa passagem próxima, acenando para mim, meio escondido na esquina.

— Vem comigo — ele diz, estendendo a mão. — Os inspetores não vão notar se formos pro pátio.

— Como? Mas...

É um garoto alto, cabelo bem escuro escorrido na cara. Os olhos claros dele grudam nos meus, arregalados. É meio assustador, mas não parece mau. E, entre seguir um estranho ou sentar do lado do Lucas e ele se declarar pra mim...

Os passos na escada estão cada vez mais próximos.

— Não dá tempo! Vem!

Cruzo o corredor, agarro a mão dele, e sou puxada para longe.

capítulo

três

— Ufa, quase — diz o garoto, olhando por cima do ombro. O pátio da lateral do prédio é enorme, com uma lanchonete, chão de brita, mesas de pedra e várias árvores grandes. Fica acima do subsolo, e consigo ver as janelinhas estreitas do topo da minha sala.

— Obrigada — digo, aliviada. Mas olho para cima, sentindo um arrepio. — Espera, não tem, tipo, câmeras aqui?

— Boa, pode ser. Vem.

Caminhamos rente à parede, escondendo-nos atrás das árvores. Nenhum inspetor aparece para perguntar o que estamos fazendo, mas parece o tipo de coisa que vai acontecer a qualquer momento. Isso é mesmo melhor do que só sentar do lado do Lucas?

"*Desculpa pelo e-mail estranho, Malu, mas eu só queria dizer que eu te amo...*" A voz imaginada é tão real que me causa outro arrepio. É. Fugir é melhor sim.

— Também odeio o primeiro dia de aula — diz o garoto de cabelo escorrido. É mais baixo que Lucas, mais magro, mas, diferente do meu amigo, tem a cabeça erguida, confiante. Será que eu teria ido com ele se tivesse tempo para decidir? Mirando seu rosto, os olhos penetrantes observando o pátio, os lábios finos comprimidos... Provavelmente teria sim, penso meio sem graça.

— Você é da minha sala? — pergunto.

— Isso. Vem, eles já devem estar se apresentando.

O garoto se agacha perto de uma das janelas, e vemos a nossa sala, Lucas logo na primeira fila, cadeira vazia ao lado dele. Uma garota está se apresentando, e, quando termina, o garoto atrás dela começa.

— É um saco — diz o garoto de cabelo escorrido, abrindo um sorriso vitorioso. Se alguém olhar para cima vai nos ver, mas ninguém tira os olhos da própria mesa. Imagino-me na sala, ensaiando uma apresentação, e só de pensar nisso meu estômago embrulha. Ele continua: — Odeio isso. Como se falar seu nome, o que você gosta, fosse um bom jeito das pessoas te conhecerem. Inútil.

— Você... — arregalo os olhos. — Você tá matando a primeira aula do ano!

— Claro que não! — retruca ele, numa expressão exagerada de ofensa. — Eu passei a carteirinha! Segundo o sistema, tô na aula agora! — O garoto franze o cenho. — Espera, você também não tá?

— Eu... Bom, eu não queria, mas não quero encontrar certa pessoa... — digo, desviando os olhos.

— Encontrar quem? — pergunta ele, aproximando-se.

Nossos olhares se cruzam. Abro a boca para responder, mas não falo. Ele congela, olhos claros fixos nos meus. Os lábios se separam, ele expira...

A voz de Lucas, alta como quando ele está tentando espantar o nervosismo, soa pela janela:

— Oi, meu nome é Lucas Borges, tenho dezesseis, e quero fazer Engenharia Mecânica. Eu gosto de tocar guitarra, andar de bicicleta, faço taekwondo...

— Putz, taekwondo? — sussurra o garoto do meu lado, voltando-se para a janela. — Que paga pau...

— E, hã — continua Lucas, coçando o queixo. — Acho que é isso aí.

— É solteiro?

A sala irrompe em riso, tão alto que a garota que falou consegue se esconder no barulho. Lucas arregala os olhos, paralisado, o sangue subindo pela face, processando o que acabou de acontecer. Sinto meu rosto em chamas.

— Ahh, tô entendendo tudo — diz o garoto de cabelo escorrido. — É ele que você não quer encontrar?

— Não! — exclamo, sentindo o rosto arder. O garoto ri, irônico, nada convencido. — Tá, é sim...

Quando a sala volta às apresentações uma garota dá uma olhadela para cima, e nos afastamos da janela. O garoto de cabelo escorrido olha por entre os galhos da árvore e me chama até a extremidade do pátio. Seguimos meio abaixados até o muro que dá para a rua. Por que fiquei tão irritada com a menina perguntando se Lucas é solteiro? Nunca tivemos nada. Mas assim, no primeiro dia? E se o e-mail for coisa dele?

— Cigarro?

Ergo os olhos para o garoto, que tem um cigarro na boca. Ele estende o maço para mim.

— Hã, não, obrigada. Eu não fumo.

— Ah. — Ele devolve o cigarro para o maço, que arremessa inteiro por cima do muro. — Nem eu.

Que garoto esquisito. Nos encaramos por um momento, sozinhos, e tenho um vislumbre da expressão sem graça dele. Para o meu alívio, ele quebra o silêncio:

— Mas conta aí, por que você não quer ver o... Lucas, é isso? É seu namorado? Vocês brigaram?

— Oi? Não...

— Você gosta dele?

— Não! — respondo, ríspida, logo me arrependendo. — Quer dizer, somos só amigos...

— Ah, amigos, mas você tá fugindo dele, espionando pela janela...

— Ei, eu não queria espionar ele! Eu nem sabia pra onde você ia me levar, nem sei se queria ter matado aula!

— Você veio porque quis. Preferiu matar aula a ver ele... O que aconteceu entre vocês, então? — Ele olha para o céu encoberto. — Vocês estavam discutindo livros e ele falou que não tem nada errado com o sistema do *Admirável mundo novo*?

— Quê? Não.

— Hmmm, ok, fui longe, deve ser algo mais mundano... Ele... tá namorando.

— Não — respondo, tentando segurar um sorriso. Que jeito engraçado de conduzir a conversa.

— Então... — Ele coça o queixo, pensativo. — Ele se declarou pra você.

— Não sei.

O garoto já preparava outra pergunta, mas então ele para, a boca entreaberta, e franze o cenho.

— Como não sabe?

— É uma história complexa.

— A gente tem tempo — diz ele, sorrindo. Sozinhos no pátio, parece mesmo que temos. Nenhum dos inspetores deve achar que algum aluno é tão irresponsável ou cara de pau para cabular a primeira aula do ano, ainda mais num lugar tão aberto. Penso em falar sobre o e-mail, mas hesito. Nem sei o nome desse garoto! E nem falei com a Ester ainda!

— Deixa eu explicar com um exemplo hipotético.

— Tá bom — diz ele, abrindo um sorriso irônico. — "Um amigo de um amigo" gosta de outra pessoa, e...

— Não, nada disso. É tipo... Tem duas hipóteses. A primeira é que viagem no tempo é real.

— Ok, uau, perdão por zoar da sua capacidade de fazer exemplos hipotéticos. Continua.

— Essa eu nem sei como continuar, tipo, impossível. A outra hipótese é que eu tenho um *stalker* profissional que sabe coisas que eu achava que ninguém sabia, sabe o momento que crio um e-mail novo e usa isso pra se declarar pra mim.

— E você acha que pode ser o Lucas?

— Não sei. Pode, mas não faz sentido. — Olho para o chão, pensativa. — Eu confio no Lucas. E por que um *stalker* profissional estaria fazendo isso comigo? Faz zero sentido. Mas não pode ser viagem no tempo, também.

— Por que não? — Ergo os olhos, imaginando um sorriso zombeteiro na face dele, mas o garoto está sério. Franzo o cenho e ele ri, encabulado. — Tipo, ok, impossível, mas imagina que legal se fosse verdade...

— Pode ser. Tem tantas coincidências que faz mais sentido que a coisa do *stalker*...

— Isso é o que a ciência toda discute. Depois de quantas coincidências é pra considerarmos que o impossível é real?

— É... Bom, como eu falei, exemplo hipotético. Sobre o Lucas...

O que ele falou faz sentido, mas são só coincidências. O e-mail não prova nada. Ate a história da festa de Ester deve ter outra explicação.

— Esse papo vai longe. — Ele assente com a cabeça, pensativo. — Bom, viagem no tempo ou não, você vai ter que lidar com o Lucas mais cedo ou mais tarde. Não tem problema matar o primeiro dia de aula, mas depois vai ter. Quer sair por aí?

— Quê?

— Sair. Pelo centro. Fazer alguma coisa — diz ele, com a naturalidade de quem faz isso o tempo todo. — O primeiro dia é todo inútil. Essa aula era de literatura, não? Certeza que depois das apresentações a professora vai dar tempo pra gente ficar lendo, e é isso aí. As outras aulas todas vão ser assim. Não tenho paciência pra isso.

O garoto olha para o muro, que não é tão alto assim, e estende a mão para mim.

— Quer vir comigo? O centro deve ser curioso na manhã da Quarta-Feira de Cinzas. Certeza que achamos algo melhor pra fazer.

Ele sorri. Encara-me com os olhos muito claros, meio cobertos pelo cabelo. Meu coração palpita. Parece coisa de série: o garoto desconhecido me chamando para aventuras. Mas ainda estou pensando em Lucas.

— Não, você tá certo. Não dá pra evitar o Lucas pra sempre. Melhor eu resolver isso cedo.

— Ah é? Putz, eu devia ter ficado quieto então. — O sorriso dele vacila, mas não perde o brilho. — Fica pra próxima.

O garoto de cabelo escorrido salta, dando um passo na parede e içando-se para cima do muro. Ele se senta, me olha uma última vez, e pula para o outro lado.

✉

O garoto de cabelo escorrido estava certo: volto para espiar a janela e a professora fala dos livros do vestibular, e dá o resto do período para lermos. O pátio continua quieto, e sento-me perto da janela, escondida atrás da árvore. Um dos livros do vestibular deste ano parece interessante, uma ficção que fala sobre o futuro. Lembrei de colocar esse na mochila de manhã.

Passo um tempo lendo, esquecendo do garoto, de Lucas, do e-mail... Sinto o celular vibrando na bolsa, e pego-o desinteressada, imaginando uma notificação qualquer, até ver que é Ester.

"Meu Deus, o que aconteceu?"

"ESTER! ONDE VOCÊ TAVA!?" digito, quase derrubando o celular com a força dos toques.

"Dormindo. Não bebe vodca, Malu. Nunca. Sério." Ela digita por alguns momentos, para, e começa de novo. "Que história é essa? Viajante do tempo? Não é um *spam* bizarro?"

O sinal toca. Ouço movimento na janela lá embaixo, e vejo os meus colegas se levantando. A segunda aula de quarta não é na sala? Checo a agenda, e vejo que é computação. Vejo Lucas digitando no celular. Logo a mensagem dele vem.

"Malu, o que aconteceu? Tá tudo bem?"

"Oi, não consegui ir pra primeira aula", escrevo. "Te encontro no lab de informática."

"Suas mensagens de ontem não fazem sentido nenhum", diz a mensagem de Ester. "Se acalma e me explica direito."

"Deixa eu te mandar o e-mail."

Um pingo cai na tela do celular, e entro no prédio logo que começa a chover. Copio o e-mail de LB para Ester, já subindo as escadas, e vislumbro o último parágrafo: *espero que você perdoe a Ester.* Será que ela está escondendo alguma coisa de mim...? Apago essa parte e envio.

"Vou pra aula agora", escrevo. "Lê e depois conversamos. Você me deve pelo menos duas horas no telefone!"

Ester responde com um *gif* de um gatinho pedindo perdão, e enfio o celular na bolsa, rindo.

O laboratório de informática é fácil de achar. Entro na sala e sinto os olhares da turma toda em mim, imaginando quem é a menina que aparece só na segunda aula, enquanto Lucas me olha com uma expressão que não sei se é de dúvida, raiva, preocupação ou afeto.

A sala tem mesas com computador, duas cadeiras em cada. Todas as mesas estão ocupadas: Lucas está do lado de uma menina ruiva. Ela olha para ele, enquanto ele olha para mim. Sinto o rosto inflamar, um ciúme misturado com confusão misturado com alívio...

— Aula de computação? É aqui mesmo — diz a professora, assim que me nota. — Todo mundo já tem dupla... Ah, não, tem uma cadeira vazia ali.

A professora aponta para uma mesa na diagonal de onde Lucas está e, nela, vejo a garota de cabelo verde neon que vi mais cedo. Está abaixada, digitando, e me ignora enquanto sento ao seu lado. Olhando de perto, vejo que o cabelo não é todo verde: foi pintado em camadas, roxo por dentro, com tons de lilás. Quero vê-lo em movimento, mas a garota não se mexe.

— Ué — diz a professora, olhando a lista de alunos. — Era para esta turma ter número ímpar. Tem alguém faltando?

A professora começa a fazer a chamada, nome por nome, ordem alfabética, enquanto vejo se Ester respondeu alguma coisa.

— Júlia.

"Espero que a sua primeira impressão da Júlia seja melhor."

— Aqui!

Reconheço a voz. A garota que perguntou se Lucas tinha namorada. Viro-me e dou de cara com o olhar fixo de Lucas. A garota que respondeu é a ruiva do lado dele.

— Leonardo — chama a professora, e ninguém responde.

Meus olhos se fixam nos de Lucas, tentando lê-lo. O que há ali? Preocupação com a sua melhor amiga que sumiu e voltou e não tá fazendo sentido? Anos de sentimentos reprimidos?

— Leonardo? — repete a professora. — Não? Não está aqui o Leonardo... Bril?

Meu estômago revira. Corro os olhos pela sala. Ninguém responde. A única pessoa que não está na aula é o garoto de cabelo escorrido: Leonardo Bril.

LB?

capítulo quatro

A professora fala, e as palavras são música de fundo para meus pensamentos. Esse Leonardo me tratou como se me conhecesse. Ou ele é só extrovertido? Não pode ser mais uma coincidência. Será que ele é um *stalker* doido que inventa história sobre viagem no tempo pra conseguir falar com garotas? Ele pareceu tão… Ok, não normal, mas simpático, pelo menos. Não pareceu má pessoa. Será que é algum doido?

Então LB não é o Lucas? Esse Leonardo até meio que me chamou pra sair… Que medo! Será que…

— Você tá bem?

Ergo a cabeça com violência. A garota do cabelo verde me olha, assustada. Percebo que estive arfando.

— Hã, tô sim — digo, expirando com força.

Ela continua me encarando. É a primeira vez que consigo olhá-la direito: é miúda, mas baixa que eu, rosto delicado, olhos grandes e escuros. Tem cara de criança, o que parece tentar consertar com os múltiplos anéis em uma orelha e dois no lábio inferior. Não dá muito certo, mas adiciona um charme. Não que ela precise… E o cabelo é mesmo incrível, cheio de cores por dentro, todo um gradiente entre verde e roxo. Eu costumava querer ter cabelo colorido… Pra onde foi essa vontade?

Tem algo estranho no jeito que ela me olha. Talvez ela esteja incomodada comigo hipnotizada pelo cabelo dela, mas não, é como se… Ah, claro. Escola nova, né. Vai acontecer bastante.

— É — digo. — Minha mãe tá na novela. Daí que você acha que me conhece.

— Ah — retruca a garota, voltando para o computador, perdendo o interesse.

Começo a processar o que a professora vem dizendo: algo sobre programar no computador, utilidades gerais... Enquanto ela fala, ouço Júlia atrás de nós, falando só alto o suficiente para as mesas próximas ouvirem:

— Programação? Nem cai no vestibular, por que tão ensinando isso?

Olho para trás devagar, com medo de dar de cara com Lucas, mas ele está prestando atenção na aula e não me nota. Júlia, por outro lado, me vê e sorri para mim. Um sorriso arrogante. Ou esta sou eu querendo odiá-la? Ela tem um cabelo ruivo longo, nariz fino com sardas, olhos verdes como os meus... É linda. Será que essa é a mesma Júlia do e-mail? Fiquei confusa com os nomes que não reconheço, mas, se LB é mesmo um viajante do tempo, faz sentido: se nos conhecemos na faculdade, eu já passei pelo ensino médio e conheci várias pessoas, inclusive talvez essa Júlia.

Não, calma, claro que não, não pode ser viagem no tempo. Mas ainda não me conformo que alguém sabe do banheiro na festa da Ester.

— Fala sério — sussurra a garota do meu lado, ainda digitando no computador. — Que falta de visão.

— Oi? — digo, virando-me para ela.

— Achar que programação é inútil. Programar é mais útil que qualquer coisa que vá cair no vestibular.

— *Oi?* — repito, espantada.

— É isso aí — repete a garota, sorrindo e encarando o monitor. Digita enquanto fala, e digita rápido. — Programar é bem útil. Diploma eu não sei.

Arregalo os olhos, deixando o queixo cair.

— Então por que você tá aqui?

— Porque eu não tenho escolha — suspira ela.

A professora nos olha com cara feia, e fechamos a boca. Logo chegamos a um ponto prático na aula: temos que programar um "olá mundo" em Java. O que é um "olá mundo", e o que é Java, eu não prestei atenção o suficiente para saber. A professora senta-se à mesa e começa a mexer no computador, cuja tela é projetada na parede.

— Fala sério, Java? — diz a menina do cabelo verde. — Achei que ia ser pelo menos C... É, isso aqui vai ser um desperdício de tempo.

— Você disse que programação é útil!

— É, só que Java... — retruca ela, com desdém. — Pelo menos posso ficar no PC. Acho que dá pra aproveitar, é só...

A garota abre várias janelas de um programa que nunca vi, digita no que parece ser outra língua, e aperta *enter*. Uma janela brota na tela, com duas palavras escritas: "Olá mundo".

— Pronto, tarefa feita — diz ela, voltando ao que estava fazendo antes de conversar comigo. Ela está mexendo em uns arquivos do Google Drive, escritos de um jeito meio parecido com o que ela fez há pouco, mas muito, muito mais complicados.

— O que você tá fazendo? — pergunto.

Ela bufa. Fala sem olhar para mim:

— Ok, garota, eis o esquema. Se você quiser aprender a programar, estuda sozinha. Ou, se quiser passar no vestibular, fica estudando outra coisa nesta aula. Eu não ligo. Então vamos fazer um trato: eu faço todos os trabalhos pra gente, a gente tira dez e você fica quietinha e me deixa trabalhar.

Sinto a minha boca se abrindo. Que garota arrogante! Mas, bom, olhando para o projetor... A professora estava explicando a primeira linha do código, coisa que essa garota fez sem nem pensar. E agora ela olha para uns códigos muito mais complicados...

Tiro o celular do bolso. Sem resposta de Ester; ela nem visualizou o e-mail de LB. Coloco o aparelho do lado do teclado, enquanto a garota me ignora, digitando furiosamente. Eu até podia fazer o que ela sugeriu e voltar a ler o livro do vestibular, mas, se ela entende de computador...

— Escuta — começo, insegura. — A pessoa que me enviou um e-mail consegue saber se eu já abri ele?

— Como? — A garota para de olhar o código e olha para mim, confusa. — Consegue sim.

— E dá pra programar um sistema pra ficar enviando um e-mail todos os dias, em certo horário?

— Tipo *spam*? Dá sim — diz ela, o cenho franzido, mas não irritada. Parece curiosa.

— Mesmo que o e-mail não exista?

— Tipo tentar enviar uma mensagem todos os dias pra um endereço que não exista? — Ela volta a olhar para o computador, digitando. — Por que alguém faria isso?

— Porque aí, quando o endereço passa a existir, a mensagem é enviada.

— Mas como alguém ia saber que outra pessoa ia fazer um endereço específico?

— Eu sei lá. Do mesmo jeito que a pessoa ia saber que caiu um raio na minha casa.

— Alguém... — Ela franze o cenho, e se vira para mim. — Alguém adivinhou que ia cair um raio na sua casa?

— Tentou. Disse que ia cair ontem, e não caiu. — Suspiro, estalando os lábios. — Esquece.

— Bom, prever que alguém vai fazer um e-mail é bem mais fácil que prever um raio. E...

Ela tira as mãos do teclado. A garota fica um momento olhando para a tela, expressão mudando de curiosidade para irritação, dúvida, ponderação. E então ela olha para mim.

— Qual o seu nome? — pergunta ela.

— Malu.

— Você não se apresentou na aula passada.

— Eu, hã, me apresentei sim! Você que não lembra.

— Ah não, eu com certeza ia lembrar se tivesse outra Malu.

Arregalo os olhos, surpresa.

— Seu nome também é Maria Lúcia?

— Maria Luísa — ela responde, e abre um sorriso sagaz. — Você matou a primeira aula do ano! Que audaz!

— Eu, hã... — Qual foi a desculpa do Leonardo mesmo? — Não queria me apresentar, detesto essas apresentações...

— Também detesto — diz a garota, sorrindo para mim. — Mas nem eu tive coragem de matar a primeira aula. Que rebelde!

— Ah, hã, obrigada?

— Vocês duas — interrompe a professora. — Já que estão conversando devem ter entendido tudo!

— Entendemos sim, professora — diz a outra Malu, bem alto. — Já terminamos o "olá mundo". — Ela olha para a projeção. — E o seu não vai funcionar, tá com um ponto e vírgula faltando na linha três.

— Ahn... — A professora olha para a tela. — É verdade, obrigada. Bom, continuando...

— Como você entende tudo isso? — sussurro.

— Programo tem um tempo — ela dá de ombros. — Meu pai me ensinou, e gostei. Já até vendi uns programas.

— Por isso que você acha que diploma é inútil?

— Mais ou menos. Se eu me provar boa programadora não preciso mesmo. Mas pro resto... Sei lá, tem uns empregos específicos que sempre vão precisar, tipo médico, engenheiro, essas coisas que se fizer errado gente pode morrer. Mas várias outras nem precisam. A gente tá numa época bizarra de supervalorização de diploma, enfiam a gente aqui pra decidir qual faculdade fazer sendo que, sei lá, a gente nem tem ideia do que fazer com a vida!

— Você parece ter...

— É, mas eu sou um caso à parte. Você sabe pra qual curso vai prestar?

— Eu? Tô decidindo...

A garota me encara enquanto desvio os olhos. Nunca parei pra pensar na coisa do diploma. É o caminho natural a seguir, certo? Estudar muito, aprender alguma coisa, arranjar um emprego. Não parei pra questionar isso. Acho que era bem isso que o vídeo do Pensante, cujo começo vi ontem, queria me fazer pensar.

A outra Malu continua me encarando, séria, até que sorri.

— Desculpa, te julguei mal. Não precisava ter sido grossa com você. Meu pai me obrigou a vir estudar aqui. Acabei descontando em você.

— Tudo bem — respondo, sorrindo também.

— Agora é melhor ficar quieta, a professora não vai gostar se eu corrigir ela de novo.

Volto a prestar atenção na aula, tentando entender o que está acontecendo, e logo desisto. Por mais útil que programação seja, Júlia tinha um ponto: se o foco da escola é passar no vestibular, por que temos essa aula? A professora pode até ter falado sobre isso enquanto eu pensava em Leonardo. Olho a chuva, cada vez mais forte, pela janela. A outra Malu abre o bloco de notas.

"Temos um problema," ela digita. "Não dá pra ter duas Malus. Vai ser muito confuso."

"É", respondo, quando ela empurra o teclado para mim. "Posso te chamar de Maria?"

"Mas nem a pau", ela retruca, batendo com força nas teclas.

É difícil segurar o riso, e nos escondemos atrás do monitor pra professora não ver.

"Eu odeio muito o nome Maria", ela escreve. "Por mim eu já tinha mudado só pra Luísa."

"Coitadas das Marias!" digito, rindo baixinho. "Em homenagem à nossa primeira interação, vou te chamar de Má."

"Má. Minha cara", ela digita, soltando um sorriso maléfico. "Então você pode ser a Lu."

Enquanto Má digita outra mensagem, o apelido martela na minha cabeça. *Má*. Na hora simplesmente saiu, só que... Má é o outro nome no e-mail. *Espero que você dê uma chance pra Má mais cedo*. Não, não pode ser. Eu acabei de inventar esse apelido! *Algumas coisas simplesmente acontecem*. Não, e-mail, não acontecem não. Você me falou para tirar o computador da tomada ontem porque caía um raio, e não caiu raio nenhum.

Meu celular vibra em cima da mesa, e vejo a Má, por reflexo, voltando-se para ele. É uma mensagem da minha mãe.

"Filha, caiu um raio aqui em casa! Queimou a televisão."

— Você não tinha... — sussurra Má. — Você não tinha dito que alguém falou que um raio ia cair na sua casa?

— Eu... — LB me disse pra tirar o computador ontem porque o raio ia cair hoje? — Eu não...

— Isso é alguma pegadinha? — diz Má, a expressão flutuando entre surpresa e irritação. — Você tá me sacaneando?

— Não, eu juro! Mas...

Melhor falar de uma vez.

Eu voltei no tempo.

A história com o Fofinho, a festa de Ester, o e-mail que eu tinha acabado de criar... E agora esse raio? As palavras de Leonardo voltam, e ouço-as escapando pelos meus lábios:

— Depois de quantas coincidências é pra considerarmos que o impossível é real?

capítulo
cinco

— Ok, isso é BEM estranho — diz Má, entre goles de refrigerante. Assim que o sinal do intervalo tocou arrastei ela para o pátio da cobertura, que é menor e mais vazio que o do térreo, onde matei aula com Leonardo. Estamos sentadas em uma das mesas dos fundos.

Passamos os dois períodos da aula de computação conversando no bloco de notas do PC, parando só para fazer as tarefas da professora — o que a Má fez no automático, sem nem pensar. Tentei explicar o e-mail de LB, mas acho que só confundi a coitada. Ela disse para conversarmos direito no intervalo.

Má falou sobre programação, explicou mais ou menos o que estava acontecendo na aula, e quais partes eram importantes. Ela tem a minha idade, mas já parece saber tão bem quem é, o que quer da vida... O cabelo verde e a atitude são prova de que ela não tem medo de ser quem é: uma Pessoa Séria. Sinto um misto de admiração e inveja dela.

Minha mãe disse que fora a TV da sala, o raio não foi grande coisa. Para ela, pelo menos: para mim, explodiu a minha cabeça. Viagem no tempo é real, então? Não teria como prever que um raio ia cair na minha casa. Como isso funciona? Quem é LB? Se ele sabe que li o e-mail, por que não foi falar comigo, mandou outro e-mail, sei lá?

O Lucas é péssimo nesse tipo de coisa. Será que isso é ele sem saber o que fazer? Estava pensando nisso quando o sinal tocou, e saí da sala sem olhar para ele, despistando-o na multidão saindo das aulas.

— Tipo — continua Má —, o resto dá pra explicar com um *hacker* competente, que pode ter monitorado o seu PC até você criar o e-mail. Essa pessoa mandaria a mensagem pra qualquer endereço que você fizesse. É complicado porque pelo jeito ninguém mais sabe de algumas coisas que tavam na mensagem, mas não é impossível, também. Agora, a coisa do...

Um raio interrompe a fala dela, fazendo um calafrio subir pela minha espinha. A chuva lá fora só fica mais forte.

— Não pode ser coincidência, pode? — digo, trêmula. — Tipo, somando tudo...

— É que se fosse um *hacker* ele estaria tentando te dar um golpe ou qualquer coisa do tipo, mas pelo que você falou essa pessoa nem pediu nada de você, né? — Ela amassa a lata e acerta bem no meio da lata do lixo. — O que era esse e-mail, afinal?

— Era, hã... uma declaração de amor.

Má não reage: continua no mesmo lugar, como se as palavras tivessem travado o sistema operacional dela. Continuo:

— LB disse que é meu futuro namorado. Por isso ele sabia tudo sobre mim, os meus segredos, e até essa coisa do raio. Isso explica ele saber o e-mail que eu ia fazer... E o e-mail dele é só éle bê arroba *gmail*, ele deve ter sido um dos primeiros a fazer, quando ninguém sabia que o *gmail* ia estourar.

— Nem tem como fazer isso — retruca Má. — Um endereço do *gmail* sempre teve que ter seis caracteres. Mas, comparado com viagem no tempo, isso é bem aceitável.

— É tão loucura assim achar que pode ser viagem no tempo?

Os olhos de Má quase se fecham, tornando-se duas linhas finas, emoldurados pelo cabelo verde por fora e roxo por dentro. Um dos piercings no lábio dela oscila de um lado para o outro. Ela assente.

— Talvez não seja.

— Isso! — digo, sorrindo e pegando nas mãos dela. Se Má acredita, talvez eu não seja tão doida assim por dar uma chance à ideia.

Má olha para as minhas mãos, arregalando os olhos, e congela de novo. Rio, meio sem graça, afastando-me. Desvio os olhos dela e vejo uma figura conhecida no corredor.

— Putz, é o Lucas — digo, encolhendo-me. — Ele tá vindo pra cá.

— Quem?

— Rápido Má, distrai ele — sussurro, nervosa, levantando-a pelos ombros.

— Quê? Eu?

— É! pergunta alguma coisa! Fala sobre a apresentação dele! Sobre a escola, sei lá!

— Mas...

— Você ganha um só-faz-isso-sem-perguntas!

— Um quê?

— Juro que vai valer a pena! Vai!

Empurro Má na direção do corredor e me escondo embaixo da mesa. Vislumbro as pernas de Má se torcendo, mas ela se equilibra e segue na direção de Lucas. Os dois param um na frente do outro, e tento deduzir o que eles estão falando pelos movimentos das pernas. Eles seguem na direção das escadas, e suspiro, aliviada, sentando-me de volta à mesa.

Então LB é mesmo um viajante do tempo...? Alguém que voltou à própria consciência de criança e reviveu a vida? Será que ele é rico, já que sabe em quais empresas deveria investir ou coisa do gênero? Dá pra ficar rico assim? Talvez ele seja superinteligente, sábio, como alguém que viveu duas vidas. Ele mencionou apartamento, como se fôssemos morar juntos... Quantos anos será que a gente tinha? Imagina, um adulto vivendo no corpo de criança! Forçado a ir pra escola de novo... Não sei se eu aguentaria passar mais uma vez pelo primeiro ano.

O Lucas se encaixa nessa imagem? Ele lê bastante, é bem inteligente, mas, sei lá, ele não é milionário, e é tonto demais para um adulto. Será que o viajante do tempo voltaria a ser criança, e perderia a maturidade? O Leonardo parecia maduro... E com certeza desanimado com o terceiro ano. Bom, isso o Lucas também parece. Qual dos dois se encaixa melhor?

Meu celular começa a vibrar. Vejo quem é e arregalo os olhos.

— ESTER! — berro, e abaixo a voz quando um grupo de garotas me olha esquisito. — Onde você tava? Te liguei tipo vinte vezes ontem!

— Faculdade é doida — diz ela, rouca. — Tá no intervalo?

Ouvir a voz de Ester é reconfortante. A última vez que falei com ela foi ontem de manhã. Pode parecer pouco, mas mal me lembro da última vez que fiquei mais de vinte e quatro horas sem conversar com ela.

— Ai, Ester, tem tanta coisa que eu preciso te contar...

— Tá, calma, devagar. — Ouço passos pelo telefone, e as palavras dela vem em pausas. Parece que está caminhando. — O e-mail. Que coisa bizarra, Malu.

— Não é? Eu tô pirando por causa disso! Tudo que ele diz bate, e...

— Então aquilo da festa é verdade? — Ester abaixa a voz, urgente. — Malu, você se escondeu no banheiro na minha festa de quinze anos? Por isso você sumiu no final?

Ops. Esqueci de cortar essa parte.

— É, depois falamos disso, não é a parte importante — digo, rápido, para que ela não tenha a chance de interromper. — Fiquei pensando se LB não pode ser o Lucas. Lucas Borges. Tô fugindo dele a manhã toda.

— O Lucas? Gostar de você? Impossível.

— Mas...

— Malu, confia em mim. Uma das obrigações da melhor amiga é saber se alguém gosta de você. Eu tenho a mais absoluta certeza que o Lucas não tem interesse romântico em você.

— Pode ser, mas, se ele é viajante do tempo... — Hesito. — Hm, tá, ok.

— Você tá acreditando nessa história de viagem do tempo?

— Eu não tava, mas aí hoje caiu um raio na minha casa.

— Caiu um... — Ester fica em silêncio. Imagino-a ali comigo, o cabelo claro rebelde, os olhos azuis olhando para o céu, os nós dos dedos batendo no nariz fino enquanto ela pensa. — Ok, isso não faz sentido nenhum. Será? Não, não pode ser... Você leu o *2022*?

— Ah, esse livro cai no vestibular. Comecei hoje.

— Dá uma lida. Foi escrito tipo quatro ou cinco anos atrás, mas menciona eventos que aconteceram só depois. Lembra da coisa do prédio que caiu uns dois meses atrás? O livro falou que isso ia acontecer em 2016.

— Ei, sem *spoiler*!

— Ops. Mas você não tinha prometido que ia ler ano passado?

— Tinha... — Não quero ofender Ester, mas ela recomenda cada história chata! Essas são as duas únicas coisas que não compartilhamos: amor por ficções científicas e pela física. Nunca vou entender por que ela quis prestar vestibular pra bacharel em física. E, falando nisso... — E o seu curso? Qual semestre vocês aprendem sobre viagem no tempo?

Ester ri tão alto que rio com ela, gargalhando no pátio. O grupo de meninas bufa, e vai embora. Nem ligo. Lembro do ano passado, quando eu a encontrava na porta deste mesmo colégio, e íamos almoçar, olhar uns brechós, estudar na praça... Dou risada por fora, mas por dentro meu coração aperta de saudade.

— Enfim, esse livro sempre me fez pensar em viagem do tempo, e... Você tá com ele aí?

Tiro o livro da bolsa. Quando li a sinopse, achei que as previsões seriam meio óbvias, tipo as cinquenta mil histórias da década de 1970 que "previram" a internet. Agora, se a coisa do prédio for verdade, entendo o motivo para o livro estar cada vez mais famoso. Foi uma escolha óbvia para o vestibular: *2022, o livro deste ano*. Como não pensei em LB enquanto lia? Olho para a capa, e entendo.

— Foi escrito por uma mulher. Simone Dôup. Nada a ver com LB.
— Olha a orelha.
— Tem a biografia dela. E aí?
— Tem foto?
— Não.
— Essa Simone é bem misteriosa. Pensa um pouco nisso.
— Eu tava pensando se...
— Agora eu preciso ir — interrompe Ester. — Tenho aula. Tchau, beijo, te amo!
— Mas Ester! Eu...

A voz de Ester some. Tiro o celular do ouvido, incrédula. Ela desligou mesmo? Depois de me ignorar ontem de noite e hoje o dia inteiro, ela não tem tempo pra falar comigo por cinco minutos? *Espero que você perdoe a Ester*. Será que tá acontecendo alguma coisa?

— Malu.

Ergo os olhos e dou de cara com Lucas.

capítulo
seis

Lucas está de pé do lado da mesa, com um olhar preocupado. Sinto o ar escapar pelos meus lábios entreabertos, e não voltar.

Calma. Ester está certa. Não pode ser Lucas: ela saberia. Ela sempre sabe essas coisas. Ela que me ensinou a ajudar o Lucas, inclusive. E, além disso, ele não consegue mentir para mim. Minha mãe me ensinou os truques para identificar mentira. Coisa de ator: segundo ela, atuar é basicamente mentir bem, então o bom ator sabe identificar os cacoetes da mentira, para não os reproduzir. Inspiro fundo.

— Oi, Lucas — digo, tentando soar casual.

— Malu, o que tá acontecendo? — pergunta ele, sentando-se. — Você sumiu na primeira aula, e depois disse que me encontrava, mas...

— Bom, eu...

Detesto mentir para Lucas. Vejo a dor nos olhos gentis dele, as pequenas rugas de preocupação na testa... Como ele cresceu. Quando a gente era criança as meninas caçoavam dele, diziam que tinha cara de bobo, mas hoje em dia ninguém pensa isso. Aquela Júlia com certeza não pensa... Sinto as bochechas esquentarem.

— Foi alguma coisa que eu fiz? — diz ele, preocupado. — Eu devia ter escolhido um filme mais animado pra vermos ontem? Ou...

— Não, Lucas, não aconteceu nada. Acordei meio estressada hoje.

— Eu achei que... — Ele coça a nuca, desconfortável. Lembro de Leonardo, peito aberto e cabeça erguida. O contraste é cômico. Lucas é maior que ele, mais forte, mas se encolhe todo, e nem consegue me olhar nos olhos enquanto fala.

— Achei que, sei lá, você não queria ser vista comigo, ou andar comigo, ou...

— Quê?

O pensamento me pega tão de surpresa que a palavra sai quase como um grito, e Lucas recua, espantado com o meu espanto.

— Claro que não, Lucas! De onde você tirou isso?

— Como assim de onde? Você saiu correndo na aula de computação, não respondeu as minhas mensagens, e agora age como se eu fosse maluco e não fosse nada de mais!

— Mas não é! Lucas, não precisa se preocupar, você não fez nada. Eu que tô estranha hoje — respiro fundo. Não é o Lucas. Não tem problema. — Desculpa. Acho que surtei e andei te evitando. Me perdoa.

— Tudo bem — Lucas sorri. — Que alívio. Sabe, até conheço umas pessoas aqui, mas você é a minha única amiga de verdade na escola. Você foi minha amiga desde sempre, desde quando eu era bem idiota, e eu valorizo muito isso. Você sempre me apoiou tanto...

Lucas continua falando, mas meu celular vibra, e vejo uma mensagem de Ester por baixo da mesa. "Desculpa ter desligado na sua cara. Mas uma coisa que eu tô pensando lendo o e-mail é que esse LB é bem cuidadoso. Eu falei que não era o Lucas, e ainda acho que não é, mas... Se existirem unicórnios, fadas e viajantes do tempo, eu não sei mais de nada. Tudo que sabemos sobre o Lucas pode ser falso."

— E, sei lá — continua Lucas. Olho para ele, arregalando os olhos. — Às vezes ainda me acho meio idiota, mas você é tão incrível, e...

Meu Deus, ele vai se declarar pra mim?

Sinto um suor frio descer pelas minhas costelas. Que hora pra botar dúvida na minha cabeça, Ester! Eu confiei em você! O que eu faço? Ele vai querer alguma resposta?

— E... — Lucas franze o cenho. — Malu, você tá bem?

Sinto os braços tensos, as mãos tremendo... Ele continua com cara de dúvida, e para de falar. Chega mais perto, assumindo uma expressão sombria.

— Escuta, Malu, isso pode soar meio esquisito, mas... Você recebeu algum e-mail bizarro nos últimos dias?

Meu coração quase para de bater. Lucas está sério, mortalmente sério, medindo cada reação minha. Ele sabe, então? É ele?

Vejo uma silhueta entrando no pátio, parecendo alarmada. Uma garota de cabelo verde.

— MÁ! — berro, pulando de pé e agarrando a mão dela. — Má esse é o Lucas meu amigo ah olha só eu tinha te dito que a gente ia pra biblioteca né então vamos tá tchau Lucas te vejo na sala!!!

Vomito as palavras e disparo pelo corredor, arrastando Má comigo e deixando Lucas com a mesma cara que ele fez quando Ester tentou explicar a Teoria da Relatividade pra ele.

— Eu tava andando com ele e ele sumiu! — diz Má. — Lu, quem é ele?

— É o meu vizinho! Ele perguntou se eu recebi algum e-mail estranho! Acho que é ele!

— LB? — Má olha para trás. Estamos descendo as escadas, e Lucas não nos seguiu. — Tem certeza?

— Eu não sei! E se for? Ele é o meu melhor amigo desde sempre, o que acontece se ele disse que quer namorar comigo? Se ele for mesmo LB, ele até já me namorou!

Não meço o volume das palavras, e algumas cabeças se viram para nós no corredor.

— Fala mais baixo! — chia ela, abaixando a voz. — Você não pode sair contando isso pra todo mundo! Eu te conheci hoje! Por que você me contou?

— Bom... Não tinha como esconder muito depois da coisa do raio, mas... — Olho fundo nos olhos escuros dela. Má é tão sincera, tão indiferente ao que os outros pensam dela. — Eu sabia que podia confiar em você.

Má me encara com espanto, depois desvia os olhos... Está corando? Sorrio e pego no braço dela, guiando-a à sala.

Entramos logo antes do sinal tocar, sozinhas, e percebo, com certo pânico, que não tenho lugar. Será que só sobrou a cadeira na primeira fila que Lucas guardou para mim?

— Tem um lugar do meu lado — diz Má, tentando soar indiferente. — Se você quiser, você pode...

— Adoraria! — digo, acompanhando-a até a última fila.

Nós nos sentamos no fundo, vendo a sala se preenchendo. Com sorte, tanta gente vai sentar na nossa frente que Lucas nem vai nos ver. Vejo-o entrar na sala, e me abaixo.

— Lu, isso é ridículo — diz Má. É difícil ouvi-la entre o papo e arrastar de cadeiras. — Você não pode fugir dele pra sempre.

— Eu sei. Mas o que eu faço então? Eu preciso saber quem é LB!

— A existência desse e-mail dele é uma dica boa. Amanhã eu posso te ajudar a olhar isso, e podemos bolar um plano.

— Amanhã? — Todos na sala já estão sentados, e vislumbro o professor entrando na sala. Desvio minha atenção para Lucas, que olha para trás, sem me achar entre as fileiras. — É urgente! Você não pode hoje?

— O que é urgente é só essa coisa com o Lucas. E isso você vai resolver sozinha.

— Eu... vou?

— É — ela sorri, diabólica. — Você vai chamar ele pra sair.

capítulo sete

O professor começa a aula a todo vapor, falando de algo chamado geometria analítica e desenhando o que, até onde consigo entender, não tem nada a ver com geometria. Verdade seja dita, não consigo prestar muita atenção. Ainda sinto Má me olhando de esguelha, meio anotando o que o professor escreve, meio esperando uma resposta.

— Não dá — digo, finalmente. — O Lucas é muito meu amigo.

— E você vai continuar fugindo dele? Foi por isso que você faltou a primeira aula?

Não respondo. Má continua:

— Ele não é bobo, Lu. Ele sabe que alguma coisa tá rolando. Se ele for o viajante do tempo, você sai com ele e descobre de uma vez. Se não for, pelo menos ele acha que você tá agindo esquisito porque quer sair com ele e não sabe o que fazer.

— Essa é uma péssima ideia — retruco, num sussurro. — Se ele é mesmo o viajante, por que ele ainda não falou comigo?

— Você deu chance pra ele falar? — Má franze o cenho. — Do que você tá com medo?

— De ele gostar de mim de verdade! Eu não...

— Não o quê? Não gosta dele?

Má solta um sorriso diabólico. Essa menina me conhece não tem nem um dia e já lê a minha mente. Não respondo, abrindo o caderno e começando a copiar os desenhos esquisitos da aula.

A verdade é que nunca pensei no Lucas dessa forma. Ele é ótimo, se preocupa comigo, nos damos super bem. De muitas maneiras, é meu melhor amigo. Será que, para ele, a nossa amizade é algo a mais? Será que ele sabia que iríamos namorar no futuro, e por isso influenciou os pais pra se mudar pra casa do lado? Ele se mudou pouco depois do meu aniversário de treze anos, teoricamente depois que LB escreveu o e-mail. Talvez LB não tenha mesmo aguentado esperar até a faculdade para me conhecer. Mas e a linha do tempo? Isso não muda, bom, tudo?

Até essa geometria analítica parece mais simples. Não entendo por que LB não foi falar comigo. Será que ele tem medo de eu achar que ele é maluco? É uma preocupação válida, o e-mail é bem esquisito. Mas, depois do raio, ele tem que saber que eu vou dar um pouco de crédito para a história dele. Ou não? Será que a eu pós-faculdade fica mais cética? Será que a Ester vai me convencer a fazer alguma faculdade de exatas?

Que saco! Não sei o que me impressiona mais: viagem no tempo ser real ou eu aceitar um namorado que adora mensagens crípticas e difíceis. Por que ele não foi me conhecer logo? Por que ele não contou mais coisas? Ele podia pelo menos ter dito qual faculdade eu escolho!

Mas essas preocupações soam bobas. Algo coça na minha mente, uma noção de que viagem no tempo não é tão simples assim. Não no sentido de ser impossível: se aconteceu, aconteceu. Mais no sentido de que, se aconteceu, leva a várias perguntas.

Existem, então, duas linhas do tempo: uma onde eu só conheço LB na faculdade, e uma onde recebo o e-mail dele na véspera do primeiro dia do terceiro ano, e sei que ele existe. Quais as diferenças entre as duas? O quanto as ações de LB afetaram a vida dele, a vida dos outros, o mundo como um todo? Será que ele seria capaz de acabar com desastres, acidentes, guerras? Tanta coisa ruim aconteceu no mundo e ele não fez nada? Ou será que muita coisa pior aconteceu na outra linha do tempo? Talvez não seja assim: talvez o futuro seja imutável, e tudo vai acontecer como deve, não importa o que ele faça. Se for assim, eu só vou conhecer ele na faculdade, e nada que eu ou ele fizermos vai mudar isso.

Não consigo engolir essa ideia. O que impede LB de simplesmente vir me conhecer? Uma barreira mágica do tempo? Ele falou como se tivesse arrumado a vida dele, então ele é sim capaz de mudar as coisas. O dia de hoje é diferente porque li o e-mail dele. Eu não teria cabulado aula, não teria conhecido o Leonardo, não teria deixado Lucas confuso... Essas pequenas decisões devem se disseminar, e mudar todo o futuro. Mas calma, o e-mail menciona Má, e eu a conheci de qualquer forma! Será que foi só coincidência, ou ler o e-mail não fez diferença?

Um pensamento sobe à minha cabeça com tanta força que o mundo escurece. Se LB tem o poder de mudar as coisas, ele podia ter salvado o meu pai.

Meu coração aperta. Sinto os olhos se enchendo de lágrimas, o peito pesando, esfriando, vazio.

No final deste ano vai fazer três anos que ele se foi. Nos últimos meses achei que eu estava aprendendo a lidar, mas percebo agora que eu só estava me enganando. Que achei truques para desviar a mente e não pensar no que aconteceu, e quando penso em "pai" foco só na palavra, nas três letras, e não na pessoa, em quem ele era para mim.

LB diz que consertou a própria vida. E não me ajudou? Ele diz que me ama, mas não impediu a pior coisa que já aconteceu comigo? Por que ele não fez nada?

— Ei — sussurra Má, colocando a mão no meu ombro. Só então percebo minhas lágrimas pingando no caderno. — Tá tudo certo? Olha, eu não queria te forçar a sair com o Lucas nem nada, eu só achei que...

— Não, não é isso — digo, limpando os olhos. — Eu só tô... Se LB voltou no tempo, ele não podia impedido as coisas ruins que aconteceram comigo? Ele só ficou me olhando sofrer?

Má torce a boca e desvia os olhos, desconfortável.

— A ideia de sair com o Lucas foi idiota mesmo — diz ela. — Se você...

— Não — interrompo, esfregando os olhos, agora cheios de raiva. — Se foi ele mesmo, agora sim eu quero saber. Se o Lucas sabia o que ia acontecer ele podia ter me conhecido antes, avisado o meu pai. Ele podia ter feito alguma coisa.

Tiro o celular da bolsa com raiva, vendo a tela borrada por causa das lágrimas.

"Quer sair num encontro comigo hoje à noite?"

Bato forte na tela, irritada, não pensando em sair, abraçar e beijar Lucas, mas em dar um chute nele. Olho para Má e vejo-a assentir, assustada. Nós duas olhamos para a primeira fila e vemos Lucas lá, prestando atenção no negócio incompreensível que o professor está esbravejando. O que matrizes têm a ver com gráficos? E o que gráficos têm a ver com formas geométricas?

Digitei com tanta raiva que nem pensei no que Lucas vai dizer. Será que ele vai negar? Vai me perguntar o que tá acontecendo? Ou será que...

— Olha só — diz Má, olhando para a minha mesa. — Ele respondeu.

Na primeira fila, vejo Lucas guardando discretamente o celular no bolso. Meu celular vibra na minha mão. Uma palavra só.

"Claro."

capítulo oito

O último sinal do dia toca, e suspiro com força. As duas últimas aulas foram de história e biologia, coisas que gosto, então fiquei distraída com capitanias hereditárias e mitocôndrias e esqueci do Lucas. O que acabou sendo trocar uma preocupação por outra: fico pensando no vestibular, nas mil perguntas que podem cair, e em como parece impossível lembrar de tudo.

— Vai almoçar pelo centro? — pergunta Má, guardando o caderno (que tem um dinossauro comendo um disco voador estampado) e se levantando. — Acho que a chuva já passou.

— Na quarta eu almoço com a minha mãe — respondo, tentando ver Lucas no burburinho que se forma no final da sala.

— Ah — diz Má, decepcionada. — Falo com você amanhã então.

— Não! Eu preciso de ajuda! Se eu descobrir mais alguma coisa... — *Eu não posso contar que a Ester vai responder,* penso.

— Me passa o seu número — diz ela, abrindo um pequeno sorriso.

Trocamos contatos enquanto os outros alunos saem, e quando ergo os olhos estamos só nós duas na sala. Nós duas... e Lucas, perto da porta. Respiro fundo e vou até ele.

— Oi, Malu — diz ele. Lucas não está exatamente sério, mas também não sorri, como se seu rosto estivesse tão confuso que ficasse preso nesse meio-termo esquisito. Não tenho ideia se ele está feliz, nervoso, perdido... Ou se ele é LB e esse era o plano dele o tempo todo.

— Oi, Lucas. Te vejo hoje de noite — retruco, séria. Sinto a mandíbula tensa, num sorriso cheio de raiva. *Se for você mesmo...*

Por um momento espero que ele vá falar alguma coisa, perguntar de novo o que está acontecendo, mas ele só assente e sai, cenho franzido. Troco um olhar com Má e ela levanta o polegar.

— Sério que ele é seu amigo de sei lá quantos anos e vocês nunca tiveram nada? — diz ela, olhando para Lucas passando a carteirinha pela catraca.

— Nada. Até ontem eu acreditava que eu era tipo a amiga conselheira dele. Ele é meio tapado — paro, e dou um tapa na própria testa. — E se não for? E se ele só se faz de tonto porque ele é o viajante do tempo e quer ficar comigo?

Má ri, e entramos no fluxo de estudantes passando pela catraca. O pátio na frente da escola está mais lotado do que de manhã, cheio de círculos de amigos reclamando das matérias, fofocando sobre desconhecidos... Tenho que desviar das poças de chuva no chão, mas o céu agora está aberto, ensolarado.

— Bom, é isso aí — diz Má, suspirando. — Sobrevivemos ao primeiro dia. Saldo: não matei ninguém, não morri, questionei tudo que eu achava que sabia sobre tempo, conheci uma menina esquisita...

— Eu que sou esquisita? Você é tipo a menina mais esquisita que eu já conheci!

— Ah. — Má arregala os olhos, surpresa, e sinto um frio subir a espinha. Abro a boca para me desculpar, mas ela completa: — Essa foi a coisa mais legal que alguém já me disse.

Fecho a cara mas acabo rindo, a contragosto, enquanto Má gargalha. Desvio os olhos, e meu sorriso morre quando vejo Lucas conversando com Júlia do outro lado da rua. Eles logo se despedem, e ele vai até o ponto de ônibus.

— Mas que saco — digo. — Acabei de perceber que esse vai ser o meu primeiro encontro. Não sei se eu queria que o primeiro fosse motivado por esganar o garoto e exigir respostas.

— Sério? — diz Má. — Você nunca, tipo...

— Não, sim, claro. Mas nunca assim num *encontro*, romântico e tal. E nunca fui eu a chamar, também.

— É, faz sentido — diz ela, me olhando de baixo a cima. — Bom, eu te daria alguma dica, mas devo ter menos experiência que você.

Rimos mais uma vez, mas sinto certo desconforto em Má. Ela ergue uma mão, como se fosse me cumprimentar, depois abaixa, hesita... Fico sem reação até entender o que está acontecendo, e dou um abraço de despedida nela. Má se afasta, e a observo ir embora. Que menina esquisita... e meiga. Não dá pra acreditar que ela tem "menos experiência" do que eu. Será que ela nunca saiu com um garoto? Ela parece tão decidida, tão legal, e ela é bonita. Mas é imponente, do tipo que dá medo. É, ser tão autêntica tem suas consequências. Um dia converso sobre isso com ela.

✉

Encontro minha mãe no restaurante, e não conversamos muito. Ela está distraída, e nem nota meu silêncio. Deve estar focada em alguma personagem. Admiro muito o quanto ela se esforça no trabalho: vivendo ao lado dela, acho que a fama é muito merecida. Não só pela atuação, mas por ser uma mulher incrível, forte, séria, que segurou tão bem as pontas quando o papai morreu.

No meio do almoço envio uma mensagem a Ester contando sobre o encontro, e, de novo, ela nem visualiza. *Espero que você perdoe a Ester.* Do que LB tá falando? Será que ela fez alguma coisa, ou a linha do tempo que mudou? A ausência dela pode ser coincidência, ela nunca faria nada pra me machucar. Apesar de que meu pai não gostava dela. Será que ela tem alguma índole ruim que só ele via? Ele sempre reclamava de ela frequentar a nossa casa o tempo todo, reclamava de que eu ia dormir na casa dela todo o final de semana… Nunca entendi o problema que ele tinha, e, bom, agora nunca vou entender.

— Mãe — pergunto, despretensiosa. — O que você acha da Ester?

Minha mãe pisca algumas vezes, voltando ao presente, e sorri para mim.

— A Ester é ótima. Ela pode ir lá em casa a hora que quiser.

É praticamente a única coisa que falamos durante o almoço. Depois minha mãe volta ao estúdio e vou de ônibus para casa, sem saber o que fazer. A atitude de Pessoa Séria seria estudar, mas as minhas opções se limitam ao negócio de programação que a Má fez e não entendi nada, revisão de biologia e história, que já entendo bem, e a temível geometria analítica… Não, tem a primeira aula, literatura. Posso continuar lendo o livro que a Ester disse pra ler, o *2022*. O comecinho era bem bom.

A história acompanha uma moça vivendo numa sociedade na qual tudo que você faz na internet é observado, catalogado, e usado pra tentar te vender coisas. Tem eleições de presidentes estúpidos mentindo para as massas, escândalos de grandes corporações sendo ignorados, tecnologia absurda e falha… É estranho saber que ele não foi escrito tipo mês passado. Do pouco que ouvi da aula de literatura, é óbvio que a comissão de vestibular o escolheu: além de, bom, estarmos em 2022, é uma das grandes obras da literatura brasileira contemporânea, que, de muitas formas, ajudou o público estrangeiro a lembrar que brasileiro também escreve. Ano passado foi a ficção mais vendida do mundo.

Abro onde deixei o marca-página, mas paro, indo até a orelha.

Simone Dôup é escritora. Mora com seus dois gatos num apartamento pequeno onde passa boa parte do tempo pensando no futuro. Este é o seu primeiro romance.

E único: ela nunca escreveu mais nada. Que vago! Nem tem foto! Será que é só coincidência todas as coisas que a autora acertou, ou tem algo a ver com viagem do tempo? O livro vendeu muito... Não sei se livro é a coisa mais lucrativa do mundo, mas não parece uma ideia tão ruim para o viajante do tempo usar seu conhecimento e ficar rico. Leio mais um pouco, e não, não pode ser só dinheiro. O livro é *bom*. Quem quer que seja essa Simone, ela gosta mesmo do que faz.

Meu celular vibra, e percebo que estive tão entretida que não vejo minhas mensagens tem um tempo. Imagino que seja algo da Ester, mas ao invés disso há uma mensagem de Lucas e uma de Má.

"O que você quer fazer hoje?", pergunta Lucas.

"E aí, preparada psicologicamente pra descobrir que seu amigo é um viajante do tempo e omitiu isso a vida toda e pode ser um *hacker stalker* doido?", pergunta Má.

Respondo Má primeiro.

"Nem um pouco. Nem falei pra ele o que vamos fazer... Sugestões?"

"O clichê é chamar ele pro cinema", ela logo responde.

"Cinema é tão... bleh."

Já fui no cinema com o Lucas uma porção de vezes, inclusive só nós dois. Se ele tivesse algum interesse em mim será que ele não teria tentado nada? Não sei. Se ele for mesmo LB, talvez ele não tenha feito nada pelo mesmo motivo que não fez nada todos esses anos, seja lá qual for esse motivo.

"E, além disso", continuo, para Má. "Nem dá pra conversar no cinema. E o meu objetivo não é ficar com ele, né. É descobrir se ele é LB."

Enquanto espero uma resposta de Má, vejo o resto das notificações. Aniversário de alguém, algo sobre algum novo grupo, pedidos de amizade... Um deles me salta aos olhos.

Leo Almeida enviou uma solicitação de amizade.

A notificação mostra uma foto séria, intensa, em preto-e-branco, do garoto de cabelo escorrido. Bril era nome do meio, então? Faria sentido, assim LB não seriam exatamente as iniciais dele. Como ele me achou tão rápido? Aceito o pedido e logo ele envia uma mensagem. Um "e aí" simples, despretensioso, e completamente cheio de subtexto.

"Como você me achou?" digito, sem conseguir segurar a pergunta. É muito estranho. Não falei meu nome para ele. Ele me viu uma vez, e por pouco tempo...

"Te adicionaram no grupo da turma", ele responde, e logo vejo que é verdade. As outras notificações incluem mais dois pedidos de amizade, um de Malu Breves e outro de Júlia Simões, e um aviso sobre esta última ter me adicionado em um grupo. Parece que ela colocou a sala inteira, e já tem até um *post* sobre alguma festinha. Entro no perfil dela e vejo-a sorrindo, o mesmo sorriso que sorriu para mim na aula de computação. O olhar dela me enerva. É, LB, a minha primeira impressão já foi bem ruim. Não vejo como essa garota vai ser importante, ou foi importante, num futuro que quem sabe nem aconteça mais.

"Ah", respondo Leo, e fica por isso mesmo. Não sei o que dizer. Conheci ele por, sei lá, meia hora? Ok, foi uma meia hora bem estranha, talvez até íntima, mas só meia hora. Penso em perguntar o que ele fez pelo centro, mas não quero parecer interessada. Abro o perfil dele, já meio esperando memes e piadas internas, ou, talvez ainda pior, textões filosóficos. Mas não acho nada disso. Quase não tem *posts*; um vídeo de evento histórico um mês atrás, uma foto da lua... As fotos são bem curiosas. Várias paisagens, ângulos estranhos, sempre sem legenda ou contexto. Elas seguem um tema, um sentimento, parecem querer dizer alguma coisa... que não consigo captar. Vejo várias, intrigada, e percebo que gosto do estilo. É sensível, mas real, bruto. Tem poucas fotos com ele. Queria que tivesse mais.

Abro a conversa com Leo, pensando no que dizer, e vejo que ele está digitando. Meio que espero que seja um papo ruim. Espero que ele vá me perguntar o que perdeu nas aulas, falar sobre a sua manhã, contar vantagem sobre algo "incrível" que fez, tipo comer algo bom, ver algo engraçado... Vai ser um alívio se for só isso. Se Leo vier mesmo com esse papinho mole que demora para chegar em algum lugar, posso concluir que ele não é LB. Quer dizer, eu espero que meu futuro namorado seja mais inteligente que isso. Assim posso perder o interesse nele sem me sentir culpada. Estou divagando sobre isso quando a mensagem chega.

É um vídeo. Só um link, sem contexto, sem comentário. Reconheço o título.

— E se você pudesse mudar? — diz Pensante, assim que abro o link.

Já vi esse vídeo, anos atrás. É um dos primeiros vídeos do Pensante, um dos que colocaram ele no mapa. Pensante já fez muita coisa diferente, e cresceu na época que era sustentável ser um *youtuber* tipo ele, que faz vídeos longos e reflexivos. Ele usa sua primeira máscara, cinza. Um tecido grosso que cobre o rosto inteiro, tornando-o uma figura enigmática, impessoal, surreal. Ultimamente ele mudar de cor, textura e estampa por vídeo, relacionando os assuntos com as máscaras de um jeito que admito, com certa vergonha, já ter ficado discutindo em fórum até de madrugada.

Como sempre, o vídeo começa com uma frase de impacto.

— E se você pudesse mudar? — ele repete, depois da vinheta. — Será que você seria capaz? Será que você teria a força para fazer as coisas que sabe serem corretas, mas parecem tão difíceis? Talvez essas não sejam as perguntas certas. Talvez a pergunta seja que, se você tivesse a capacidade de mudar o que aconteceu, será que você deveria?

Mostrei esse vídeo para a Ester quando vi e ela ficou doida, discutindo possibilidades, imaginando como refaríamos nossas vidas... Eu fiquei animada, mas naquela época eu não tinha nenhum arrependimento de verdade. Como eu era sortuda...

Vejo o vídeo até o final. Eu tinha me esquecido dele: depois do trauma, não gosto muito de pensar no que eu teria feito diferente. As perguntas que Pensante faz são muito parecidas com as que LB deve ter feito quando voltou no tempo. Como viver sua vida de novo? Como gastar seu novo antigo tempo? Como consertar seus próprios erros?

— Será que você deve refazer o que já fez, reviver a vida, reencontrar os amigos e reforjar os laços que você já criou... Ou tentar outra coisa?

Pensante não dá respostas definitivas. Os vídeos dele são sobre fazer as pessoas pensarem, não sobre ensiná-las quais as respostas certas.

— Se existe um destino, será que ele define esses laços? Define quais as relações importantes que você terá na vida... E se você tentar mudar isso, tentar ignorar o seu futuro passado e recriar esses laços, você só esquecerá aqueles que preencheriam sua vida?

Recebo a notificação de uma mensagem de Leo e meu coração pula. Por que ele me mandou esse vídeo? O que ele queria dizer? O que ele vai dizer? Ou, melhor, o que ele disse? Meus dedos tremem no teclado.

"Esse vídeo me fez pensar em você", ele diz. "Amanhã não vou faltar aula de novo. Até."

capítulo nove

"Até o caramba, seu desgraçado, por que…" começo a digitar, mas paro. Reagir assim seria muito estranho. Claro que Leo pode ter me enviado o vídeo por ser LB e estar brincando comigo, mas ele pode só estar falando do papo sobre viagem no tempo que tivemos. Mas as iniciais dele batem! Ele mesmo que falou, quantas coincidências são necessárias? Respiro fundo, fechando os olhos, mas quase grito quando o celular vibra na minha mão. É uma mensagem de Má.

"Desculpa, tava ocupada. Decidiu alguma coisa?"

Nossa, coitado, visualizei a mensagem de Lucas quinze minutos atrás e ainda não respondi. Olho a sugestão de Má mais uma vez, mas cinema parece tão normal. Como uma Pessoa Séria vai a um encontro? Talvez…

"Vou chamar o Lucas para um jantar", digo a Má. "Comer um espaguete."

"Romântico."

Lembro de um restaurante não muito chique, embora também um pouco chique e chamo Lucas. Outra resposta de Má logo chega:

"Será que não é romântico demais?"

"Agora já foi."

Lucas concorda, e combinamos para as sete. Foi mais fácil do que eu imaginava… Se bem que fui eu mesma que falei para o Lucas que se uma menina o chamasse pra sair, era para responder rápido. Sem esses joguinhos de ficar demorando… Tipo o que eu fiz com ele. Que ótimo exemplo, Malu. Então ele responder rápido significa que ele quer sair comigo? Ou ele só não quer me ofender? E outra: será que demorar para responder significa que não quero?

Meu objetivo nesse "encontro" é descobrir se Lucas é LB. Só que, resolvido isso, o que acontece? Pode ter um milhão de explicações para a morte do meu pai. Não tenho a mínima ideia de como viagem no tempo funciona. Por mais raivosa que eu esteja, preciso considerar a chance de perdoar LB. E aí, se for o Lucas mesmo... a gente começaria a namorar?

Só de pensar nisso sinto um frio subir pelo estômago, como se eu estivesse prestes a vomitar sorvete. Nunca pensei no Lucas dessa forma. Claro, agora tô com raiva dele, mas a minha mãe ficava com raiva do meu pai o tempo todo. Se eu não perdoá-lo... dói pensar que a nossa amizade iria para o ralo. Dói pensar em não passar mais tempo com ele... Será que isso significa que eu sinto alguma coisa a mais?

Lembro de uma conversa que tive com Ester alguns anos atrás, quando eu estava gostando de um menino que até já esqueci.

— Como eu sei quando tô apaixonada, Ester? — perguntei, deitada no morrinho nos fundos da casa dela.

— Ah, amiga, você vai saber.

Pressionei ela por uma reposta melhor, mas ela desconversou. Para Ester deve ser fácil: ela se apaixona o tempo todo. Comigo nunca aconteceu, e o conselho dela não me ajuda nada. Penso em namorar Lucas, e, sei lá, talvez seja legal. Ele é ótimo. Passaríamos mais tempo juntos. E ele cresceu mesmo... Não seria ruim.

Tiro o celular do bolso, pensando em falar com Ester, mas ela nem viu a mensagem que mandei na hora do almoço. Abro a janela da conversa com Má.

"Como eu sei se estou apaixonada, Má?"

A resposta logo vem:

"Nossa, já tá toda assim? Eu pensei que você queria dar um chute no Lucas."

"Eu quero. Se ele for LB, quero muito. Mas ao mesmo tempo se ele for LB ele é, de certa forma, meu futuro namorado. Não tenho certeza de como me sinto a respeito disso."

Má começa a digitar, mas para, e quando responde só diz "calma, já volto", e desaparece. Que saco! Bom, pelo menos ela avisa que vai sumir, diferente de certas amigas. Suspiro, decepcionada. Eu deveria planejar alguma coisa para esse encontro, pensar em como eu vou tirar a informação do Lucas, se eu deveria ser direta, ou indireta, ou esperar pra ver se ele admite... Imagens me vêm à mente, de Lucas de terno e segurando uma rosa, conduzindo-me pelo braço, tomando vinho, rindo e me lançando olhares. É uma fantasia... legal. Imagino-me próxima dele, mirando-o fundo nos olhos. Ele se aproxima, os lábios próximos... chego perto... E lembro de ele perguntando do e-mail estranho, e penso no meu pai, e a "eu" na fantasia dá uma joelhada nele.

Não vai dar. Melhor não pensar nisso. Termino de arrumar as coisas, leio um pouco mais do *2022*, e passo o resto da tarde distraída com o joguinho das formigas que me fez fazer o e-mail e entrar nessa furada. Pelo menos é um bom joguinho. Uma das minhas formigas teve uma revelação espiritual e agora elas criaram uma religião, que batizo "Açucarismo". Os mandamentos envolvem louvar o açúcar, respeitar o próximo, e não mentir caso tenha voltado no tempo. Minha mãe avisa que vai chegar tarde em casa, e percebo que já são quase seis. Levanto-me num salto, xingando as formigas por terem me hipnotizado, e corro para o banho.

Logo estou na frente do armário, fumegante e enrolada na toalha, olhando meus poucos vestidos. Ainda tenho o que usei na festa de quinze anos da Ester, azul, curto. É bem bonito, mas sempre que olho para ele lembro da festa e meu coração aperta. Não usei desde então. Tem o vermelho que usei na minha festa de quinze anos, o mais bonito que tenho. O Lucas até me ajudou a escolher esse. Lembro de arrastar ele e a Ester pra várias lojas, comparando mil cores, neurótica, e ele de olhos arregalados, sem a mínima ideia de como me ajudar.

— E esse aqui? — perguntei, quando provei o vermelho. Ester estava olhando outra coisa, e ficamos só nós dois.

— Esse... Nossa — respondeu ele, logo desviando os olhos. A Ester logo apareceu e aprovou, mas a reação do Lucas foi importante para a escolha.

Seria engraçado ir com esse vestido para o encontro. Como ele encararia isso? Comigo lembrando de momentos legais da nossa amizade? Ou comigo interpretando o "nossa" dele de outra forma?

Não. O encontro *não* é sobre isso. Fecho o armário, torcendo a boca, e vejo que Má finalmente me respondeu:

"Bom, sobre estar apaixonada... É quando você não quer gostar de alguém mas não consegue."

Não me ajuda muito... Ajuda? Eu nunca não quis gostar do Lucas. Mesmo agora, com raiva dele, não consigo me imaginar assim para sempre. Que saco! Como a Pessoa Séria lidaria com essa situação? O que a minha mãe faria? Bom, em pelo menos um aspecto eu sei. Sorrio, travessa, indo até o armário dela.

Somos da mesma altura, mas ela tem um pouco mais de busto... Tiro um vestido preto e seguro o cabide junto ao corpo. É curto, mas pelo que lembro fica apertado nela. Experimento e fica perfeito. Admiro minha figura no espelho por um tempo até decidir que estou pronta. Fina, porém séria. Pronta para seduzir ou matar.

"Mãe vou sair com o Lucas vou pegar um uber volto antes das dez."

É uma mensagem recorrente. Minha mãe confia em mim, e me dá bastante liberdade. Nunca abuso disso; espero que o vestido não tenha sido demais.

Tento não pensar muito aonde estou indo no uber. Lucas me manda uma mensagem dizendo que está chegando, e confirmo que estou a caminho. Sinto certa insegurança nele. Coitado, não deve ter ideia do que está acontecendo. Ou deve, e voltou no tempo e passou a nossa amizade inteira esperando por isso... Não sei. Talvez ele não saiba mesmo, e tenhamos isso em comum.

O uber chega no restaurante, e, saindo dele, sinto o celular vibrando na bolsa. É uma mensagem do Leo. Não respondi desde que ele comentou que o vídeo o fez pensar em mim.

"Eu já pensei bastante nisso", diz ele. "No que eu faria se eu voltasse no tempo."

Isso é alguma brincadeira? Será que o Leo é LB e eu vou namorar um cara com um senso de humor sádico que só quer me torturar? Sinto o rosto inflamar de raiva.

"Olha só", escrevo. "O que você quer comigo?"

— Malu.

Ergo os olhos do celular, ainda com raiva, mas minha expressão derrete. Na porta do restaurante, de terno e segurando uma rosa, está Lucas.

capítulo dez

— A comida tá demorando, né? — diz Lucas, com um sorriso nervoso.

Assinto, sem graça, desviando os olhos. Lembro do que pensei mais cedo, sobre caras puxando um papinho mole que não chega a lugar algum, e é bem isso que Lucas está fazendo. Não que eu esteja fazendo algo muito melhor, também.

Quando vi Lucas me esperando, toda a raiva evaporou. Ele me entregou a rosa, sem falar nada, e só peguei, em choque. Entramos, e ele puxou a cadeira para mim, parecendo algum lorde de filme de época. O restaurante é mais chique do que eu imaginava, com velas nas mesas e quadros de arte clássica na parede. Sinto-me deslocada, uma criança entre adultos, fingindo que refrigerante é vinho. Uma parte de mim sabe que eu deveria estar confrontando o Lucas, tentando descobrir se ele é LB, mas toda vez que trocamos olhares minha barriga embrulha, e as palavras somem.

Não saí com muitos garotos. Teve um ou outro cinema, um encontro no parque, mas, bom, nessas circunstâncias teve pouco papo. Nunca estive assim, encontro romântico, cada um em um lado da mesa, só conversando. Não é só isso que deixa a situação incômoda, porém: é que é o Lucas.

Já conversamos sobre tudo. Não costumo hesitar antes de falar qualquer bobagem que passe na minha cabeça para ele. Ele sabe tudo que gosto, tudo que detesto... E eu achei que sabia isso sobre ele também. Ele me conta dos *crushes* dele, eu conto dos meus poucos. Praticamente leio a mente dele, e nela sinto o nervosismo de quem não tem ideia do que está acontecendo. Se ele não for LB, estamos pensando na mesma coisa: será que ele/ela gostava de mim esse tempo todo? Como eu reajo?

— O que você pediu mesmo? — pergunto, numa tentativa desesperada de puxar papo.

— A... — Ele demora, como se também não lembrasse. — A lasanha. Franzo o cenho.

— Por que você não pegou as almôndegas?

— Ué. Você pediu almôndegas. A maldição e tal.

Rio baixinho, e Lucas sorri, sem graça. É uma piada recorrente: sempre que comemos juntos, eu peço o que ele queria ter pedido. E aí ele não pode pedir porque, nas palavras dele, "é sem graça". Uma maldição: ele nunca pode pedir o que mais quer comer. Será que ele espera roubar um pouco da minha comida, como se estivéssemos em uma lanchonete qualquer? Ou ele acha que não vou comer tudo, e espera limpar o meu prato? Parece coisa de melhor amigo. Ou... de casal?

— Você sabe que pode pedir a mesma coisa que eu, né — digo.

— Você que pode não escolher magicamente o melhor prato todas as vezes — retruca ele. — Às vezes acho que você lê a minha mente e faz isso só pra me torturar. Olha só, já tá rindo de mim.

— Eu tô rindo porque é muito simples quebrar isso! É só pedir a mesma coisa que eu!

— Mas aí onde tá a aventura? O mistério da vida, a oportunidade de experimentar algo novo...

— Você sempre se arrepende de não ter pedido o mesmo que eu.

— Que mentira! Teve...

Ele pensa por alguns segundos, sem resposta. Meu riso logo vira uma gargalhada, tão alto que as cabeças se viram para nós. Tento enterrar a minha cara no guardanapo, enquanto Lucas fica vermelho de tanto segurar o riso.

— Vão nos expulsar do restaurante — diz ele, a voz tremendo com a vontade de rir. — Por que você tinha que escolher um lugar tão chique?

— Porque...

Lucas arregala os olhos, como se de volta à situação. O riso entre nós morre. Eu não o chamei pra vir comer e falar besteira. É um *encontro*. Isso tem que ser diferente de todo o resto.

Ficamos em silêncio, o mesmo silêncio incômodo de antes. Não sei quanto tempo mais eu aguento. Ensaio as palavras, "escuta, você viajou no tempo?", mas não consigo. LB deve saber que li o e-mail, e ainda não se revelou. Deve ter um motivo para isso... E não sei se quero saber. Tenho medo de saber. E se tiver a ver com o meu pai? E se for outra coisa? Não tenho ideia de como é a mente do viajante do tempo. Queria não ter recebido o e-mail. Queria que as coisas voltassem a ser como eram antes, e só ter o vestibular para me preocupar.

Mas não posso. O Leo estava certo: não posso ficar fugindo do Lucas para sempre.

— Lucas, aquilo que você...

— Malu, o que tá...

Falamos ao mesmo tempo, e nos calamos. Lucas tem o cenho franzido, em uma expressão raivosa.

— Você primeiro — digo.

— Eu ia perguntar o que tá acontecendo — diz ele, inclinando-se na mesa. — Desculpa ser tão direto, desculpa se isso for te machucar, mas eu tô muito confuso. Ontem tava tudo ótimo, ficamos vendo Netflix lá em casa, aí hoje parece que você virou outra pessoa! Me evita, mente pra mim, aí no intervalo parece que tá tudo certo e então você sai correndo... — Ele inspira fundo, organizando as ideias. — Eu não sei o que você tá pensando, e por isso eu quis levar esse encontro a sério, por isso o terno, a rosa, mas você mal abriu a boca desde que a gente chegou! Tipo, ontem de noite você teve uma revelação e começou a gostar de mim?

— Você não acha que eu podia gostar de você antes? — digo, ofendida.

— Não — diz Lucas, mirando fundo nos meus olhos. Ele vê meu choque, e recua. — Tipo, se gostasse, a Ester nunca teria dado uma de cupido?

Desvio os olhos. Ele está certo: a Ester com certeza saberia, e teria feito alguma coisa. E ele não é tão tapado assim, nem eu teria sido tão omissa. O que responder?

— É por causa da escola nova? — pressiona ele. — Sei lá, a situação te estressou? Você ficou com ciúmes de alguém?

— Ciúmes?! Como assim, Lucas? Nunca tive ciúmes de você!

— Eu sei! — Ele arregala os olhos, erguendo as mãos. — Não faz nenhum sentido! Por isso que eu sei lá o que tá acontecendo. Malu, eu sei que você não é a pessoa mais honesta do mundo com os seus sentimentos, mas...

— Quê? O que você quer dizer com isso?

Lucas me encara, e torce a boca.

— Eu quero dizer que... Ó, um exemplo. Me responde: você gosta de mim?

A pergunta me atinge como um copo de água na cara. Lucas me contou várias histórias de encontros dele, e raras vezes ele tomou a iniciativa dessa forma. O que tá acontecendo com ele? Será que está à vontade comigo por ser meu futuro namorado ou por não sentir nada romântico por mim?

— Não sei — respondo.

— Viu? — diz ele, rindo. — Como não...

— Minha vez — interrompo. — A pergunta que eu ia fazer. O que você quis dizer hoje de manhã, quando falou de algum e-mail estranho?

Lucas recua, numa expressão de dúvida.

— O... e-mail? — Ele coça o queixo. — Hã... Acho que não era nada demais. Algo que a escola mandou, sobre alguma aula...

Lucas tenta esconder os olhos. Sua mão coça seu pescoço, seus lábios tremem... Não tenho dúvida.

— Por que você tá mentindo? — digo.

O garçom nos interrompe, finalmente com a comida. Meu espaguete com almôndegas é muito mais apetitoso que a lasanha quadrada dele, mas minha fome sumiu. Ainda encaro Lucas, que se esforça ao máximo para fugir do meu olhar.

— Eu... não tô mentindo — diz ele. — Esquece o que eu falei. Não é nada demais.

Por que ele está mentindo? Se ele for LB, por que simplesmente não fala? O Lucas omitiria algo assim para mim? Ele começa a comer, e forço-me a mastigar uma almôndega.

— Olha, Malu, não precisa se sentir pressionada — diz Lucas, expirando, limpando a boca no guardanapo. — Eu não sei o que te deu, se você achou que seria mais fácil se enturmar se tivesse um namorado ou coisa assim, mas não precisa se forçar a nada. Eu sou seu amigo, e vou continuar sendo seu amigo não importa o que acontecer. Mas se...

Se...? Ele desvia os olhos, fitando o chão. Está ficando vermelho? Sinto o coração palpitar, o vestido subitamente apertado. Se o que, Lucas? Desembucha! Mas ao mesmo tempo não quero que ele fale. Quero ficar presa naquele momento, naquele passado, sem saber quão diferentes vão ser as coisas depois que ele falar.

— Se você quiser — diz ele, fixando os olhos nos meus. — Podemos tentar.

capítulo onze

Caio na cama, ainda de vestido, e suspiro. Minha mãe ainda não chegou em casa. Tiro o celular da bolsa, sentindo-o vibrar, e vejo uma mensagem de Má:

"Como foi?"

Respondo o que, para mim, resume bem:

"Não sei."

Depois do que o Lucas disse, fiquei sem reação. Ele logo completou, dizendo que eu não precisava dar uma resposta na hora, e comemos em silêncio, até ele lembrar da vez que tentamos fazer macarrão e misturamos os molhos, e rimos tanto lembrando que nem o cachorro dele quis comer. Depois disso, a tensão se dissipou. Passamos o resto do "encontro" comendo e conversando como sempre, falando das aulas, das pessoas estranhas na sala... como se nada tivesse acontecido. Pegamos um uber juntos, ele me deu um beijo na bochecha e saltou na casa do lado. Parece que não aconteceu nada. Mas as palavras ficaram entre nós. *Podemos tentar.*

Não sei o que achar do encontro. Lucas pareceu tão honesto, tão sincero, que não consigo acreditar que ele é LB e passou esses anos todos mentindo para mim. O Lucas-Não-LB teria reagido assim se achasse que eu gostava dele? Talvez... Imagino-o dando uma chance para mim se eu me declarasse para ele. Não, calma, ele mentiu sobre o e-mail! O que ele está escondendo?

A mentira pode não ter a ver com LB, também. Talvez LB seja o Leo, né. O vídeo que ele mandou não pode ter sido coincidência. E Leo não respondeu minha última mensagem... Por quê? Por que ele não pode falar comigo?

Má responde com uma sequência de emojis. Explosões e dúvidas e aliens e animais que nem sei se existem.

"Você tem talento pra isso", escrevo. Ela responde com mais emojis. Finalmente olho as minhas outras mensagens, e vejo que Ester me respondeu. Ela pergunta sobre o encontro com Lucas, sobre a história da festa de quinze anos, e termina com um textão:

"Uma parte de mim acha que você inventou LB e esse e-mail e tá de sacanagem comigo, mas vai lá, vou levar a sério. Reli a mensagem várias vezes e fiquei pensando... LB falou como se tivesse refeito a vida, feito tudo que sempre quis e tal. E me pareceu que te mandar esse e-mail foi uma espécie de deslize, um erro, coisa irresponsável... e fiquei pensando numa possibilidade.

"E se LB não quiser te conhecer pra não te mudar? Pensa bem. Receber o e-mail já mudou o seu começo de terceiro ano. Como você seria se não tivesse recebido? Se vocês se conhecerem agora, será que você vai crescer e se tornar a pessoa que LB conhece, se apaixona, e namora? Talvez LB não esteja se revelando de propósito, pra que você se torne a versão de você que ele lembra. Se for isso... LB não quer te conhecer. Mesmo que seja, sei lá, o Lucas, ele vai negar. LB vai esperar, e não vai fazer nada até a faculdade."

Leio e releio a mensagem, lembrando do vídeo de Pensante que Leo me passou. Como eu seria se nunca tivesse conhecido o Lucas? Ou a Ester? Que tipo de pessoa eu seria se tivesse conhecido eles antes, ou depois? Quem sabe nem teríamos virado amigos...

Será que é isso? LB, quem quer que seja, está me evitando de propósito? Ele fala que só nos conhecemos na faculdade... então até lá ele vai ficar fingindo que não existo?

Por isso que o e-mail foi tão vago? Por isso que ele não mudou nada do que aconteceu na minha vida? Se as coisas tivessem sido diferentes — se ele tivesse salvado a vida do meu pai — eu não iria *virar a pessoa pela qual ele se apaixona*?

O celular treme na minha mão. É cada vez mais difícil não ter raiva de LB. Não tenho ideia de que tipo de pessoa ele é. Não sei como eu era quando comecei a namorar ele no futuro, como eu me sentia, o que eu valorizava. E, se eu deixar para ele, só vamos nos conhecer quando ele quiser.

— Mas eu não vou deixar — sussurro, obstinada. — Eu não vou ficar esperando. Eu vou te achar, e você vai me explicar o que ficou fazendo.

Leio o e-mail de LB mais uma, duas, dez vezes, procurando dicas em cada vírgula, pensando em tudo que aconteceu no último dia, tentando bolar algum plano.

— Eu vou descobrir quem você é.

capítulo doze

Estou escovando os dentes quando minha mãe grita lá de baixo:

— Hoje você vai com o Lucas? Ou preciso mentir para ele de novo?

— Mais baixo, mãe! — grito, me babando toda de pasta de dente. — Vai que ele tá na porta! Vou com ele sim!

Desço as escadas correndo, mochila nas costas, animada. Acordei de bom humor, determinada a resolver a situação com Lucas. Minha mãe ainda está tomando café, olhando para a parede, distante. Ela nem notou que o vestido preto foi pra lavar.

— Você vai interpretar uma filósofa ou coisa assim? — digo, enquanto calço os sapatos. — Tá ensaiando o olhar pensativo?

— Hm? — responde ela, sacudindo a cabeça. — Não... Acho que estou trabalhando muito. Desculpa se andei chegando tarde.

— Tudo bem — respondo, dando um abraço de despedida nela. Verdade seja dita, foi bom que ela não estava em casa ontem de noite.

— Não vai se atrasar — diz ela, olhando o relógio no micro-ondas.

Engraçado; o Lucas que sempre bate na minha porta. Poucas vezes saí de casa antes dele... Tiro o celular do bolso, só então notando as mensagens.

"Você tá bem?" pergunta Lucas em uma, às onze da noite. "Tipo do estômago", ele pergunta em outra, meia-noite. "Acho que algo me fez mal", duas da manhã. Ligo para ele.

— Alô? — diz Lucas, a voz embargada.

— Oi Lucas, tá tudo certo?

— Ahn, não. — O telefone chia, e ouço o som de uma descarga. — Acho que tô com uma intoxicação alimentar. Fiquei acordando a noite inteira pra vomitar.

— Que horror! Vai pro médico!

— Não é tão ruim, eu...

O telefone chia de novo, e ouço sons de vômito.

— Se cuida — digo, e ele murmura alguma coisa antes de desligar.

Despeço-me de novo da minha mãe e vou até o ponto de ônibus sozinha. Raras vezes fiz isso: Lucas sempre está lá comigo. E bem hoje, depois do nosso encontro, ele fica doente... muito conveniente. Ok, ele tem o estômago meio fraco, muitas vezes tem a ver com ansiedade, mas eu experimentei a lasanha dele ontem, não? E eu tô ótima. Será que ele tá fingindo?

Segundo o raciocínio da Ester, LB não quer me namorar — ou talvez até me conhecer — ainda. Se for verdade, como o Lucas disse que me daria uma chance, ele não pode ser o viajante do tempo.

Ou será que ele está blefando? Se Lucas for LB, ele pode saber que, se ele dissesse que me namoraria, eu concluiria que ele não é LB... Nossa, será que o meu futuro namorado consegue prever o que vou pensar tão bem? Que desgraça!

Sinto-me mal pensando assim do Lucas. Eu confiava tanto nele, e agora fico pensando se todas as ações dele são parte de algum esquema. Ontem até duvidei da tontice dele com outras garotas. Saudade de ser só amiga dele, sem complicação.

"Toma bastante água e melhora", escrevo para ele, assim que sento no ônibus. "Eu anoto as coisas que você perder."

"Valeu, Malu", responde ele, alguns minutos depois. "Saiu um novo vídeo do Pensante. Eu ia ver com você no ônibus, mas pode ver."

Sorrio com a resposta. Pensante costuma postar seus vídeos mais complicados tarde da noite, então é nosso ritual matinal ver os vídeos dele no ônibus, dividindo o fone de ouvido.

— Não controlamos os nossos instintos — diz Pensante, dessa vez com uma máscara rubra e terno branco. — Podemos pensar que controlamos, que temos escolha, que livre-arbítrio existe... Mas será que temos? Será que é possível suprimir os nossos desejos animalescos, será que há razão capaz de sobrepujar a voz primata em nosso crânio nos empurrando para ações inconscientes, ilógicas, irracionais?

Ele faz uma pausa, uma de suas características pausas dramáticas. Se desse para ver os seus olhos, tenho certeza de que estaria encarando a câmera.

— Será que temos escolha em quem amamos? Em quem odiamos? Será que nossas ações por estas pessoas são controláveis?

Pensante parte para a discussão de suas fontes científicas, cheias de animações e ideias interessantes, mas ainda fico pensando nas perguntas do começo. Me fez pensar no e-mail. No que Ester disse, sobre como LB achava que era má ideia enviá-lo... Será que foi mesmo um deslize? Um impulso adolescente, que ele programou e esqueceu? Mas, se ele programou o e-mail e se arrependeu, ele podia ter desprogramado, não? Não sei. Vou perguntar isso hoje para a Má.

O ônibus chega no meio do vídeo, e caminho para a escola ainda assistindo, distraída. Os vídeos do Pensante são ótimos mesmo. Ninguém sabe quem está por baixo da máscara, e isso só deixa tudo mais interessante. Até uns poucos anos atrás eu ficava fantasiando como seria conhecê-lo, quem sabe sair com ele... É estranho ter um *crush* em alguém cujo rosto você nem conhece? Se for, eu era — ou talvez ainda seja, um pouquinho — estranha.

Entro na escola ainda com os olhos na tela, sem trombar com ninguém por pura sorte. Passo pela catraca, desço as escadas e entro na sala.

— O que você quis dizer com não sei?!

Ergo os olhos e dou de cara com uma Má raivosa.

— Oi, bom dia — respondo, tirando os fones e indo com ela até os fundos da sala. — Nossa, desculpa, esqueci de te responder. Pra falar a verdade, nem sei como responder.

— Como assim não sabe? — responde ela, irada, sentando-se. — Não deu em nada?

— Então, não — digo, sentando-me do lado dela. — Quer dizer, talvez... Foi bem estranho. Ele deu a entender que, se eu quisesse, namoraria comigo.

— Como assim? Deixou no ar?

— É — digo, torcendo a boca.

— E aí, você vai?

— Ele não falou se é LB ou não! — digo, irritada. — E quando perguntei sobre o "e-mail estranho" ele ficou tentando mentir! — Bufo, e respiro fundo, recompondo-me. — Ontem a Ester me falou uma coisa que me fez pensar.

— Quem é Ester?

— Ah, a minha melhor amiga. Ela falou que o LB pode não querer me conhecer pra não me mudar.

— Te mudar?

— É, tipo... Te conhecer já me fez um pouquinho diferente, sabe. Como eu só vou conhecer LB na faculdade, se eu conhecer ele agora eu vou virar uma pessoa diferente, e por isso ele tá me evitando. Tipo, pra eu virar a pessoa que ele se apaixona...

— Nossa, que besteira — diz Má. — Quer dizer, perdão pra sua amiga, mas achei bobagem. Uns poucos anos conhecendo uma pessoa não podem mudar tanto a sua personalidade, podem?

— Não sei — respondo. — Não é na adolescência que a nossa personalidade se define e tudo o mais? Vários eventos mudam quem somos, né.

— Discussão complicada. — Má brinca com o piercing no lábio, pensativa, e então seu rosto se ilumina. — Ah, eu preciso te contar! Andei olhando aquele e-mail, e tenho uma dica de quem pode ser LB!

— É? — exclamo, puxando-a para perto. — Quem? O Leo? Me fala!

— Quem é Leo?

Falando dele, paro para olhar pela sala. Ele não está lá. O maldito não disse que vinha na aula hoje? O professor ainda não chegou, e noto Júlia na frente do quadro, preparando-se para falar.

— Atenção, turma! — diz ela, e a sala se cala. Que voz imponente! — Já adicionei todo mundo no grupo do Facebook, mas caso eu tenha esquecido de você vem falar comigo depois! Eu sou a Júlia, prazer.

Ela sorri um sorriso animado, carismático, daqueles que te fazem querer ser amigo da pessoa só para vê-lo mais vezes. Os olhos verdes dela, perspicazes, brilham de empolgação.

— Bom, eu acho que a gente já deveria começar a se entrosar, e o mais rápido possível! Temos um ano muito duro pela frente, e seria legal nos conhecermos melhor. Tomei a liberdade de combinar uma festa: vai ser amanhã, no salão de festas do meu prédio.

A sala se preenche de murmúrios, um burburinho de conversa. "Sexta, já?" "Que mina eficiente!" "Eita, não posso..." Olho para o lado e vejo Má abrindo o caderno, como se nem escutasse o que Júlia diz. Ela nota meu olhar e franze o cenho.

— O que foi?

— Vamos, né? — retruco.

— Não — ela responde, e volta a olhar o caderno.

— Como não?

— Ah, sei lá... Eu nem tava muito afim de me enturmar, não é bem a minha praia...

— Mas... mas...

Má ergue os olhos para mim, e ensaio a minha melhor cara de gatinho pidão. Ela tenta ficar séria, mas logo ri, desviando os olhos.

— Por que você quer que eu vá?

— Vai ser divertido! Primeira festa da turma! — digo, animada. — É o evento que vai definir quais grandes laços vão se formar no ano! O início de todas as tretas e o drama no terceiro ano! É imperdível!

— Você tem uma visão bem romântica das coisas — retruca ela. — Vai ser só uma festa genérica. Aposto que no máximo alguém passa mal de bebida.

— Apostado, então — digo, e Má arregala os olhos. — Aposto um biscoito que vai acontecer algo mais dramático que isso. Pensa bem, quem sabe o Lucas e o Leo estejam lá... Eu ainda preciso descobrir quem é LB!

Má torce a boca, girando o piercing no lábio. Como vou convencê-la? As próximas palavras saem quase sem querer:

— Eu quero que você esteja lá.

Má arregala os olhos, depois desvia-os de mim... E sorri.

— Tá, eu vou — diz ela.

Bato palminhas animadas, pulando na cadeira, e Má ri. O resto da sala continua na agitação das notícias da festa, enquanto Júlia escreve sobre o evento no quadro. Ela termina, e volta a falar:

— E sem levar bebida, pessoal — diz, rígida. — A maioria de nós ainda é menor de idade. Alguma pergunta?

Júlia foi bombardeada com umas vinte perguntas ao mesmo tempo. Ela ergue as mãos, pedindo silêncio.

— O professor deve chegar daqui a pouco. Esquece, falem comigo pelo *face* depois.

Só de falar isso o professor chega, e Júlia se recolhe ao seu lugar na segunda fileira. A cadeira onde Lucas sentou na véspera está vazia, e me pergunto se ele está bem... E, só de pensar nele, lembro de outra coisa.

— Ah! — sussurro para Má. — O que você falou sobre o e-mail! Qual a dica?

— Bom... — Má olha para os meus fones, pendurados no pescoço, e puxa um para si. Franzo o cenho, até entender que não parei o vídeo: ele ainda toca no meu bolso. — É, achei que você já podia conhecer.

Tiro o celular do bolso, e a figura mascarada de Pensante me encara.

capítulo treze

— Não brinca... — sussurro, sentada numa mesa redonda do pátio de cima, vendo o vídeo junto com Má. Não prestei atenção em nenhuma das aulas da manhã pensando nisso. — O LB pode ser o Pensante? Mal escuto o vídeo. Olho para a face mascarada de Pensante, com uma vaga noção de que estou de boca aberta.

— Você curte ele? — pergunta Má, animada.

— Eu amo os vídeos dele! Nossa, será? Isso faz sentido?

— Ele entrou tarde no YouTube — explica Má —, quando a plataforma já tava meio saturada. Mas ele soube seguir várias tendências, e se adaptou rápido às mudanças no algoritmo e tudo o mais. O crescimento dele é bizarro, poucos conseguem explicar.

— Mas se ele for um viajante no tempo... — murmuro, pasma. — Ele não descobriu as mudanças do algoritmo antes de todo mundo, ele *sempre soube*. Não tinha como competirem com ele. Nossa, eu, namorar o Pensante...

— Não se anima muito, não — diz Má. Olho para ela chocada, sentindo um golpe no coração, e ela recua, levantando as mãos. — Calma, não é pra desistir também. É só que não tenho certeza, é só uma pista. Olhei uns registros antigos, e parece que o e-mail que ele usou por um tempo nessa conta é o éle bê arroba *gmail*. Mas depois ele mudou pro e-mail do site dele.

— Como você pode saber disso?

— Segredos do ofício — diz ela, confiante. — Enfim, ele pode ter mudado pra esconder os traços de LB... Mas tem uma chance legal de ser ele.

— Sim, faria sentido. LB deve ter ficado meio pirado de ter voltado no tempo, reviver a vida... Quantos anos será que ele tinha quando voltou? Imagina ter que passar pelo jardim de infância de novo, e só conviver com bebês? Acho que eu ia ficar maluca.

— Aterrorizante — Má treme, abraçando-se. — Talvez o Pensante seja o jeito dele extravasar, sair da própria cabeça.

Não foram poucas as vezes que fantasiei sair com Pensante. Ele é tão inteligente, misterioso, intrigante... e triste. Os vídeos sempre me passam essa impressão. Quem quer que esteja por baixo da máscara parece ser uma pessoa séria demais, presa nos próprios pensamentos, sozinha. Talvez ele não tenha paciência para banalidades, não saiba se relacionar com os outros... *porque ninguém sabe que ele viajou no tempo*. Nossa, isso se encaixa muito! Como criar laços com os outros sem poder contar a verdade que define a sua nova vida?

A verdade que eu sei. Pensante pode me dizer tudo que está passando pela cabeça dele. Tudo que já passou, todas as dificuldades que teve... Eu ouviria. Eu entenderia.

As fantasias voltam com tudo. Uma vida empolgante, viajando com o Pensante, estudando coisas maneiras, descobrindo mistérios, refletindo sobre a vida o universo e tudo o mais. O Pensante é inteligente, justo, correto. Mesmo o que pensei ontem, sobre o meu pai... O Pensante teria feito o melhor de si. Ele tem que ter algum motivo. Não pode ter sido culpa dele.

— Nossa — digo, lembrando do vídeo que Leo me enviou. — Tem até uns vídeos dele que podem ser meio relacionados com viagem no tempo.

Coloco o vídeo para tocar. Não é um dos meus preferidos: é difícil, cheio de perguntas duras, tipo "como lidar com algo que você tem que deixar acontecer", e "o que fazer quando você percebe que cometeu o mesmo erro duas vezes, mesmo tendo jurado não cometer". Sem pensar em viagem no tempo ainda são questionamentos que fazem sentido, mas nesse contexto fica tão óbvio... Como não pensei nisso antes?

Má tira uma caneta do bolso e começa a rabiscar num guardanapo.

— Bom, eu disse que ia te ajudar de noite, mas podemos começar já. Temos dois candidatos, então: Pensante e Lucas.

— Tem também o cara estranho da turma, o Leo.

Conto sobre o encontro com Leo, quando nos escondemos no pátio, e Má ri ao descobrir que eu estava nervosa no começo da aula de computação porque achei que ele podia ser LB. Ela escreve "Leo Bril" no guardanapo, do lado de uma interrogação. Ainda não sei nada sobre ele... Tiro o celular do bolso, pensando perguntar por que ele não foi na aula. Se eu ficar puxando papo com ele e ele não for LB, ele pode achar que estou interessada. Lembro do meio sorriso dele e percebo que isso não seria totalmente errado.

— Mais alguém? — pergunta Má, rabiscando uma tabela de pontos a favor e contra.

— Não... — digo, esfregando o queixo, e arregalo os olhos. — Ah! A Ester falou ontem que pode ser a Simone Dôup, que escreveu o 2022... Faria sentido, né?

— Nossa. Faria mesmo. — Má rabisca mais um nome e coloca a tabela guardanapo no meio da mesa. — Então tem essas quatro pessoas: Lucas Borges, seu vizinho. A favor: iniciais, é seu amigo, e...

— E ele tá escondendo alguma coisa de mim.

— Anotado. Contra?

— Ele... — Paro para pensar. — Sei lá, ele é o Lucas.

— Grande argumento, Lu. — Antes que eu possa me justificar, ela escreve isso na tabela e parte pro próximo. — Pensante, o *youtuber*. A favor: misterioso, pode saber coisas sobre o futuro, introspectivo, e o e-mail, que pode ter sido usado por ele. Contra... Não sabemos nada sobre ele?

— Nadica — respondo. — Eu já pesquisei bastante. Ninguém sabe quem ele é.

— Uhh, fica cada vez melhor. Terceiro, Leo Bril. A favor: é misterioso, te tratou de um jeito esquisito, te mandou um vídeo auspicioso do nada, e tem as iniciais. Alguma coisa contra?

— Ele é bem estranho.

— Mas de um jeito bom? Pensa bem, Lu. Você gostar dele pode ser um ponto a favor. Tipo, tô supondo que você eventualmente se apaixona por LB.

— Em outro futuro — digo, dura. — Eu sei lá quem é esse LB. Por enquanto eu quero só respostas.

Má morde o lábio, desconfortável, batucando na tabela. Respiro fundo, acalmando-me.

— Sobre o Leo... Acho que até gostei dele. Só achei meio enxerido. Coloca aí como ponto contra ele ser um adolescente idiota.

— Tá bom. Então sobra a Simone Dôup. A favor: praticamente previu o futuro inteiro. É misteriosa. Contra...

— Bom, é mulher — digo.

— E aí? — diz Má, com um sorriso travesso. — Vai que você descobre que homem não é bem a sua?

— Há, tá bom — respondo, fechando a cara. — E as iniciais não batem, nada a ver com LB. Não sabemos o nome do Pensante, mas ela tem nome, né.

— Lu, você tá focando demais nas iniciais. Quem garante que são mesmo as iniciais dele?

— Por que LB mentiria?

— Não precisa ter mentido. Pode só ser o apelido dele de internet, sei lá.

Dou de ombros. Má sacode a cabeça, rabisca "iniciais não batem" no quadrado de contras e bate a caneta no guardanapo.

— Acho que é isso que temos por enquanto. Alguma outra coisa?

— Não sei. Quer dizer... Sei lá, pode ser qualquer um. E mesmo Pensante ou Simone Dôup... Se existe um viajante do tempo, será que não existem vários? Eles podem ser viajantes, mas não serem LB.

— Pode ser, mas eu não apostaria nisso — retruca Má. — Quanto mais viajante do tempo existir, maior é a chance de algum ser descoberto, virar conhecimento público e tal. Eu nunca tinha ouvido falar de alguém prevendo um raio caindo na casa de alguém. E, se descobrirmos que, por exemplo, o Pensante é um outro viajante do tempo, ele pode muito bem conhecer LB. Vai que existe um clube secreto, sei lá.

Má brinca com o piercing no lábio, pensativa. Cruzo os braços na mesa, apoiando o queixo neles.

— Como sabemos que LB tá tão próximo de mim? Ele pode estar fora da cidade, ou do país...

— Não vou fingir que entendo o viajante do tempo — começa Má, sorrindo. — Mas imagino que o seu futuro namorado iria querer ficar perto de você.

— É, talvez...

Abaixo a cabeça, abatida. Eu estava tão empolgada em discutir Pensante com Má que nem toquei no pão de queijo que comprei para o lanche. É muita coisa pra pensar... Estou empolgada com a chance de ser Pensante, mas é muito irreal, muito sonho de princesa. Se alguém que viajou no tempo não quiser mesmo que eu o conheça, será que tenho alguma chance? Dou uma mordida no pão enquanto Má toma o resto do refrigerante.

— Ah, qual é, temos alguma coisa — diz ela. — Não desanima. Você vai eliminando esses um a um, e adicionando novos, até descobrir.

— É — digo. — É só eliminar um bilhão de candidatos.

— Não é assim, Lu. Pelo menos pensa melhor. Da nossa faixa etária não chega a um bilhão. Deve ser sei lá, uns setecentos milhões.

— Puxa, uau, me ajuda muito.

Falo com tristeza, mas logo estou rindo.

— Tá, você tá certa — digo, estufando o peito. — Até tenho um plano para ver se é o Lucas!

— Uhh, plano! — diz ela, animada. — E aí, qual?

— É segredo.

Má semicerra os olhos, uma expressão de raiva que não tem como não ser fofinha. Ela tem muito cara de criança pra dar medo em alguém, mesmo mexendo os piercings no lábio. Rio dela e ela parece ficar ainda mais brava.

— Ah não, você vai me contar — diz ela. — Se não, eu... Ei! Falando nisso, o que é um "faz-qualquer-coisa"?

— Putz — digo, lembrando que prometi isso a ela ontem, quando ela distraiu o Lucas. — É um negócio que tenho com a minha mãe. Parabéns!

Estendo a mão para ela, sorrindo um sorriso de vendedor de televendas, e ela aperta, receosa. Continuo:

— Você ganhou um só-faz-isso-sem-perguntas. A partir de agora, você pode pedir qualquer coisa pra mim, e eu tenho que obedecer, sem perguntas.

— Qualquer coisa mesmo?

— É o trato — digo, soltando a mão dela. — E eu não posso te pedir nada assim até você fazer o seu pedido. E, quando você fizer, uma de nós pode fazer outro... Mas só tem como ter um saldo de um. Assim ninguém abusa de ninguém. Funciona bem comigo e com a minha mãe.

Má fica estática, mão ainda erguida. Mordisco o pão de queijo, tentando não rir da expressão engraçada dela.

— Que esquisito. O seu pai não entra nessa?

A comida perde o gosto.

— Ah... Não. Somos só nós duas. — Respiro fundo antes de falar. — O meu pai morreu três anos atrás.

Má fica branca. Ela parece uma estátua, encarando-me sem me ver. Não, mentira: ela me vê. Ela me vê bem demais, até.

— Ah — diz ela, depois de uma eternidade. — Que droga.

— É.

Ficamos em silêncio, e Má se levanta, dizendo que precisa ir ao banheiro. Reconheço os tipos de olhar que recebo quando falo de meu pai. Dá pra ver quem fala que sente muito por falar, e quem tem empatia de verdade. E Má sentiu minha dor. Será que ela já passou por algo parecido?

Termino de comer o pão de queijo, paro o vídeo de Pensante e caminho até o parapeito, onde dá pra ver o pátio lá de baixo, lotado de gente. Se não fosse a praça na frente da escola, o lugar seria escuro, cercado dos prédios altos do centro, mas agora bate um sol agradável por ali. Talvez eu devesse descer lá, conhecer mais gente... São tantas pessoas diferentes. Uma Pessoa Séria se enturma, certo? Ou fica presa em divagações e planos sobre coisas impossíveis? Não sei. E sinto que estou longe de saber.

✉

— Ainda perseguindo o cara?

Salto de susto, soltando um gritinho ao ver Leo do meu lado, com o mesmo cabelo escorrido do outro dia, sorriso manso no rosto. Estamos sozinhos na sacada do pátio de cima.

— Meu Deus, de onde você veio?

— Dali — diz ele, olhando para trás.

— Do telhado?

Do lado da cobertura da escola fica o telhado de outro prédio, bem colado, quase da mesma altura. Saltar não parece tão difícil; quero dizer, se você tem amor pela vida e tal.

— É — diz ele, como se fosse a coisa mais normal do mundo. — Ontem eu subestimei a escola. Tem que passar a carteirinha quando sai também. Aí hoje eu vou passar quando sair, e, quando perguntarem, eu faço cara de trouxa e digo que ela deve ter falhado esses dias. Zero faltas, e só metade de uma manhã gasta na escola.

Encaro Leo fundo nos olhos azuis dele, meio cobertos pelo cabelo, vendo o sorriso do garoto se desmontar, pela primeira vez transformado em algo que até pode ser desconforto. Está nervoso?

Quando o conheci ontem não tinha ideia de que ele podia ser LB, então não prestei tanta atenção. Tem um rosto fino, olhos grandes... Consigo imaginar Ester ficando caidinha por ele e eu ficando sem entender, como acontece com quase todos os *crushes* dela. Bom, talvez desta vez eu entenderia um pouco. Ele até parece com um colega da minha mãe, literalmente galã de novela. É crível me imaginar apaixonada por ele? Eu estaria mentindo se dissesse que não estou no mínimo curiosa.

— Que foi? — diz ele, recuando.

— Nada. Não acredito que você pulou do telhado.

— Na próxima eu te chamo pra pular comigo.

— Claro. Morrer na primeira semana de aula parece um bom jeito de fugir do terceiro ano.

— Ah, qual é, você vai passar a vida toda sem ter pulado um telhado?

Há algo familiar nele, quem sabe os olhos, quem sabe a voz... Tenho certeza que nunca o vi antes de ontem, mas parte de mim diz que não, como se eu o tivesse conhecido há muito tempo e esquecido dele. Será que é porque namoramos em um futuro alternativo? Como isso funciona? Dá pra ter alguma conexão mística do tipo?

— Acho que sim — digo. — Sei lá, pelo menos esse ano. Vestibular e tal.

— Eu nunca dei muita bola pra vestibular — ele diz, dando de ombros.

— Quê?

Leo vê minha expressão assustada e expira, assumindo uma expressão séria. Sem o riso zombeteiro, sem os olhos arregalados, ele se torna outra pessoa. Pensativo, parece tão cansado. Tão preocupado. Parece alguém que já pensou muito sobre as coisas, e não chegou numa conclusão muito boa. Sinto um frio percorrer a espinha. Se ele for mais assim, e se ele for LB, faria sentido.

— O terceiro ano é uma aberração — diz ele. — Você sabe o que você quer fazer? Não precisa responder. Eu não sei. Eu não tenho a menor ideia. Tipo, eu gosto de muita coisa na vida, eu estudaria muita coisa pra aprender e ver qual é, mas... Cara, estudar uma coisa pra aprender e fazer vestibular são coisas completamente diferentes. Tipo... Eu só tenho dezoito! Como posso ter noção de como é trabalhar com alguma coisa pra decidir qual curso fazer? Não é difícil: é impossível! A maioria das pessoas ou escolhe errado ou fica nessa por inércia, na mesma porque já fez vestibular mesmo, já se formou mesmo, já arranjou emprego mesmo... Não tem como tomar uma decisão tão importante tão cedo e esperar que ela seja certa.

— Espera... — digo, me afastando. — Você tem *dezoito*?

Leo suspira, decepcionado.

— Sério que de tudo que eu falei é isso que te impressiona? É a minha segunda vez fazendo terceirão.

Franzo o cenho, olhando bem para ele. Ele está na minha turma: não é como se não tivesse passado no vestibular e estivesse fazendo intensivo. Ele reprovou? Leo parece muitas coisas, mas não parece *burro*.

— Ano passado eu desisti — explica ele, sem graça. — Tomei o tempo pra me conhecer.

Passar pelo terceiro ano duas vezes deve ser um inferno. Talvez Leo não tenha aguentado... por ser LB. Ou essa história de se conhecer é só uma desculpinha conveniente pra justificar preguiça de estudar.

— Não sei se concordo sobre o vestibular — digo, pensando em Má. — Quero dizer, não pode todo mundo fazer algo que não gosta, né?

— Ah, claro, tem gente que dá sorte, tem gente mais vivida que acerta o curso, mas é exceção. Enfim, por isso que desisti ano passado. Achei melhor tentar entender o que eu quero.

Lembro de Lucas ano passado, tão certo de que quer ser engenheiro, estudar um monte de física e matemática e química e aprender a projetar de coisas legais... Ele estava tão confiante, tão ambicioso, que me senti mal por não saber o que quero. Leo, por outro lado, não parece mal por não saber. Será que ele vive a vida inteira assim? Saindo por aí tentando se entender, pulando telhados e matando aula com estranhas? Parece a vida de filho mimado, de algum herdeiro, que sabe que nunca vai faltar dinheiro. Ou de um viajante do tempo, que ficou rico com ações ou *bitcoin* ou sei lá.

— Por que você tá aqui, então? — questiono. — Descobriu qual curso fazer? Tem dicas?

— Longe disso — responde ele, abrindo um sorriso calmo e cruzando os dedos na nuca. — Mas sei lá, fugir disso não é solução. É irresponsável, coisa de criança birrenta. Não é assim que se cresce, também. Mas aí não sei se isso é justificativa suficiente pra me submeter a um sistema falho, ou se há o que se aprender ficando aqui.

O sinal toca, e Leo levanta a cabeça como um gato notando um pássaro.

— Putz, não comi nada! Se pá a cantina ainda tem coisa — diz ele, saindo da sacada. — Nos vemos na sala!

— Espera! — Ele ainda não me explicou sobre o vídeo! Preciso pressioná-lo!

Leo para e fica olhando para mim. Miro-o fundo nos olhos, tentando invocar aquela raiva que me possui quando penso em questionar LB... mas ela não vem.

— Sabe, tem um motivo pra eu querer ficar — diz ele. — Ou, no mínimo, pular o telhado mais umas vezes. — Ele faz uma pausa, e o olhar me dá um calafrio. — Te ver.

Antes que eu consiga responder, Leo dispara na multidão, saltando entre os alunos e desaparecendo no caos.

capítulo catorze

Quando volto para a sala, encontro a cadeira de Má vazia. Na mesa está o guardanapo com a tabela dos candidatos de LB, com uma nota rápida no rodapé:

Tive que sair. Falo com você depois. Boa sorte!

Que engraçado... Será que aconteceu alguma coisa? Digito uma mensagem rápida, sem esperança de ver resposta tão cedo. Que saco, queria conversar com ela sobre o Leo.

Falando nele, é um dos últimos a entrar, e se senta na primeira fila, do lado do assento vazio de Lucas. Ele não olha para trás nenhuma vez. Que saco, ele parecia tanto o tipo que senta no fundo, o que me daria mais uma chance de perguntar sobre o vídeo...

Fico distraída com as aulas de física (algo sobre quadrados escorregando em triângulos) e química (algo sobre compostos com cheiro forte), e me deixo esquecer um pouco de tudo. Quando o último sinal soa, tento alcançar Leo, mas ele desaparece na muvuca na saída do colégio. Checo o celular, e ninguém falou comigo. Nem Lucas, nem Ester, nem Má. Sem companhia pro almoço, então. Que chato. Decido voltar para a escola e almoçar depois. É o terceiro ano, afinal; em algum momento tenho que estudar... mesmo que eu não saiba qual curso fazer. Será que eu deveria me preocupar mais com isso? O que Leo falou circula pela minha cabeça... Bom, estudo agora e penso depois. É bem o que querem que façamos.

A biblioteca da escola é bem diferente do que eu esperava. Nas outras escolas era um lugar bem aberto, com mesas redondas onde os alunos se reuniam para estudar, fazer trabalhos, ou até jogar algum jogo silencioso. Lucas sempre se empolgava nas partidas de truco e era expulso.

Rio lembrando dele, com a cara vermelha de vergonha, pedindo para que eu o enterrasse.

O ambiente no novo colégio, em comparação, é uma prisão. Ou um escritório, hospital, sei lá. Um silêncio tenso domina o espaço, que é bem mais focado, sério, e talvez até opressor. Espírito do vestibular, né. Em vez das mesas redondas há mesinhas em cubículos, isoladas por divisórias finas. Ninguém fala, ninguém faz som. Só ouço o raspar das páginas, o clique das canetas, o riscar dos lápis. Enquanto procuro uma mesa, um espirro soa e sinto as cabeças se virando, cheias de raiva. Imagino o que estão pensando: "Você tirou um minuto da minha concentração, e isso pode me custar o vestibular! Vou ter que fazer mais um ano de cursinho! Vou descobrir onde você mora!"

É difícil segurar o riso. Apesar de absurdo, vejo verdade na minha imaginação. A escola também oferece curso intensivo, então boa parte dos que estão ali, estudando tão cedo no ano, são pessoas que não passaram no vestibular, quem sabe até mais de uma vez. Será que vou ficar assim se não passar? Fissurada nos estudos, assassinando com os olhos o coitado que só espirrou? Espero que não...

Caminho até os fundos, que parecem mais acolhedores. Algumas pessoas conversam em sussurros, e até ouço um riso abafado. Sento-me num cantinho e abro a apostila de geometria analítica. Seria legal entender, bom, alguma coisa antes da próxima aula.

Geometria analítica é o campo da matemática em que é possível representar elementos geométricos, como pontos, retas, triângulos, quadriláteros e circunferências, utilizando expressões algébricas.

Legal. O que era uma expressão algébrica mesmo?

A distância entre os pontos A (xa, ya) e B (xb, yb) é definida pelo segmento de reta AB, que vamos denotar dAB. Veja como obter o tamanho desse segmento, ou seja, a distância.

Vai valer a pena: se eu não ficar viajando, posso até me empolgar com a matéria. Ou é isso que fico tentando me convencer, lendo de novo e de novo as mesmas frases, sem a mais vaga noção do que elas querem dizer.

Tiro o 2022 da mochila e abro-o onde parei. Leio por volta de meia palavra até puxar o celular. *Simone Dôup*, pesquiso.

Passo um bom tempo lendo sobre Simone, e o que descubro não é nada animador. Ela nunca deu uma entrevista presencial, nunca foi a um lançamento de livro, nunca lançou uma foto na internet... Dizem inclusive que nem os editores têm certeza de quem ela é, mas isso soa meio teoria da conspiração. E, falando em conspiração, não é o que falta: mais de um site clama que ela é uma viajante do tempo. O livro saiu em 2017, e ganhou destaque rápido por prever um acontecimento do mês seguinte ao lançamento. Depois disso as coincidências continuaram, o livro acertando tudo... Ou não; os capítulos finais falam de uma pandemia que deveria ter começado dois anos atrás. Ah, não, *spoiler!* Droga!

Nada é conclusivo. Quem quer que seja essa Simone, ela é boa em se esconder. Será que é mesmo LB, ou outro viajante do tempo? Faz sentido o viajante querer ser discreto, pra não ficarem o assediando com perguntas sobre o futuro. Mas será que meu futuro namorado faria só isso? Escreveria um livro, ficaria rico, e não ajudaria ninguém?

Envio uma mensagem para Ester, perguntando se ela tem alguma ideia sobre Simone, e, pra variar, ela não visualiza. Ela, inclusive, não entra no celular há algumas horas. Se ela não estivesse fazendo isso tantas vezes eu até ficaria preocupada. *Faculdade*, repito para mim mesma, tentando não ficar frustrada. *É só a faculdade.*

Coloco o celular no bolso e sinto um papel amassado dentro dele. O guardanapo onde Má anotou os prós e contras. Lendo a lista de possíveis LBs, Simone é o que mais me convence. O Pensante saber tudo do YouTube pode ser coincidência, enquanto o *2022* é muito óbvio. Se bem que, se LB não quer me conhecer para não me mudar, ele teria mesmo escrito o livro? É o tipo de coisa que muda o mundo inteiro. E, além disso, tem as iniciais, e o fato de Simone ser mulher. Calma...

Dôup. Que sobrenome é esse? Pesquiso no Facebook e não acho nenhum familiar. Encaro o nome, separando as sílabas, até que uma ideia vem à mente. Escrevo as letras uma por uma.

S I M O N E D Ô U P

Na linha de baixo, escrevo um P. E um S. As próximas vêm de uma vez só, encaixando-se perfeitamente.

P S E U D Ô N I M O

Não pode ser tão óbvio, pode? Coloco isso no Google, e descubro que várias pessoas já chegaram à mesma conclusão. Simone é um pseudônimo! Óbvio! Como eu não pensei nisso antes? Revezes de ter faltado à primeira aula de literatura.

Sorrio com a realização. LB pode ter mudado de gênero para ficar ainda mais difícil encontrá-lo! Faz todo o sentido! Assim ninguém suspeitaria que ele, quem quer que fosse, escreveu o livro!

Lendo mais alguns artigos, entretanto, a minha empolgação evapora.

As pessoas tentaram descobrir quem é Simone por anos. E com as motivações certas: quanto dinheiro o conhecimento do futuro não pode dar? O *2022* não usa nomes de empresas reais, mas qual é, tem os celulares da *"Pear"*, as pessoas pesquisam no *"Glasses"*... Qualquer um que tenha sacado isso e acreditado no crescimento que o livro previu teria ficado rico com ações, seja lá como isso funcione.

O desespero que senti antes, conversando com Má, volta com tudo. Eu sou só uma vestibulanda qualquer. Como posso competir com o mundo inteiro e descobrir quem é o viajante do tempo? Como posso descobrir quem é LB baseado só nas dicas vagas do e-mail?

Deixo a cabeça cair na mesa, entre os papéis, completamente perdida. Simone pode ser outro viajante do tempo. Pode ter saído da cidade, para não ter chance de nos conhecermos. Pode ter se isolado completamente em uma montanha, sei lá. E além disso ainda tenho que pensar no curso do vestibular, em virar um Pessoa Séria, decidir o que fazer com o Lucas... Queria meu pai aqui. Ele sempre sabia o que fazer nessas situações. Será que LB teria mesmo como ter salvado ele? A falta dele volta como uma sombra, congelando meu coração. Tenho que me segurar para não soluçar.

✉

— Oi, você tá bem?

Ergo a cabeça, limpando os olhos. Quanto tempo será que fiquei ali? Quem falou comigo foi uma garota ruiva, olhos verdes, sardas no nariz. Júlia. Parece preocupada.

— Ah sim, eu... — Pisco algumas vezes, afastando as lágrimas. — Eu só tô meio estressada.

A preocupação dela logo se torna dúvida. Ah, claro: a inconfundível expressão de "eu conheço essa menina de algum lugar".

— Você tá na minha sala, não tá? — pergunta ela, o cabelo bem escovado roçando no meu braço.

— Tô. Você é a Júlia, né? Você me adicionou no grupo da turma.

— Ah! É... Malu, é isso? — responde Júlia, não parecendo satisfeita.

— Isso. E, sim, você me conhece de outro lugar. Eu sou filha da Sônia Dias.

— A atriz!?

Várias cabeças se levantam, olhando para nós. Júlia se encolhe no cubículo, o rosto tão vermelho que as sardas somem.

— Eu adoro ela! — sussurra Júlia. — Eu vi uma peça dela, aquela que ela faz a Ana Paula, e a interpretação dela naquela cena depois que o marido morre...

— É, todo mundo fala dessa cena — digo, orgulhosa. — Minha mãe é ótima.

— Sim, nossa, que legal, vocês são iguaizinhas... — Próxima assim, meio sem graça, ela é diferente da garota falastrona e carismática que tomou as rédeas da sala. Parece até uma pessoa normal. Ela olha para a apostila. — Tá estudando geometria analítica? Quer ajuda?

— Hã... — franzo o cenho. Será que essa menina é só legal? Ou tem alguma segunda intenção bizarra? Várias meninas já quiseram ser minhas amigas pra conhecer a minha mãe... Preparo um "não, obrigada", mas lembro do e-mail. *Espero que a sua primeira impressão da Júlia seja melhor, ela vai te ajudar muito.* — Pode ser.

Júlia arrasta a cadeira com cuidado para o lado da minha, e passamos a próxima hora revendo a aula inicial de geometria analítica. Até que faz sentido! Essa menina é bem inteligente... E esforçada, e paciente, e querida. Talvez eu tenha julgado ela mal. Acho que o que eu interpretei como "falastrona" é só o jeitinho dela.

Ela também é bonita. Roubo alguns olhares enquanto ela explica, lendo as notas e desenhos da apostila. Tem um cabelo longo, bem cuidado e brilhante, do tipo que eu queria ter mas não tenho paciência. Os olhos são claros, bem redondos, nem muito juntos nem muito separados... Eu não diria que ela tem um desses narizes finos de modelo, mas encaixa muito bem no rosto arredondado dela. Usa um batom rosa claro... Talvez por isso que não tive uma impressão boa dela. Não gosto de pensar nesse tipo de coisa, de ser esse tipo de pessoa... Mas me sinto mal perto dela. Ela é tão confiante, tão linda, tão esperta... E eu estou aqui sem saber o que fazer da faculdade, sem ideia de quem é LB, sem saber o que está acontecendo com Lucas e com Ester...

Talvez LB esteja certo em não falar comigo ainda. Não consigo ver como ele pode sentir algo tão forte, algo que transcende linhas temporais, por alguém como eu. Talvez eu tenha mesmo que passar por alguma coisa para me tornar alguém melhor.

Passar por algo além do que já passei com o meu pai? Uma morte prematura, que veio tão do nada que passei um ano inteiro nervosa toda a vez que minha mãe saía de perto de mim? Ah cara, foda-se se o trauma me tornou uma pessoa mais forte, sábia, resiliente, ou o caralho! Foi horrível! Como alguém — alguém que supostamente *me ama* — me fez passar por isso? Meu rosto se inflama. Eu...

— Desculpa — diz Júlia, olhando para mim. Ela continuou explicando enquanto viajei. — Aconteceu alguma coisa?

— Não — digo, ainda com raiva de LB. Pela expressão dela, não convenci. Tento sorrir, e já sei que não deu muito certo.

— Eu te fiz alguma coisa? — diz ela, súbita. A pergunta me pega tão de surpresa que fico sem reação, sentindo o rosto esfriar. — Desculpa ser tão direta, mas eu notei o jeito que você me olha... A gente não se conhece de nenhum lugar mesmo?

O tom dela não é acusatório, mas curioso, receptivo. Fala com preocupação, como se a possibilidade de ela ter me ofendido sem querer fosse inadmissível. Procuro algum sinal de mentira na expressão dela, e não encontro.

— Não é nada — digo. Não é totalmente verdade, mas não é totalmente mentira. Ainda me sinto meio mal perto dela, e tem...

— É por causa do Lucas? — diz ela. — Ele me falou que você é a melhor amiga dele.

Nossa, eu sou tão óbvia assim?

— Vocês, tipo, tem alguma coisa? — continua ela, tão insegura que nem parece a garota atrevida que perguntou se ele era solteiro na primeira aula.

— Não, não — digo, ainda só meio sincera. — É só que... Eu sou amiga do Lucas há muito tempo. Eu que tô lá quando ele sofre... E, desculpa, mas você não passou uma primeira impressão muito boa.

— Uau — diz ela, arregalando os olhos. — E eu achei que eu que tava sendo direta.

— Conheço um monte de ator. Já tem subterfúgio demais na minha vida.

— Bom, brigada por falar — diz ela, sorrindo um sorriso dolorido. — Acho que você tá certa... Sei lá, fiquei ansiosa ontem. Com vontade de impressionar, não sei. Aí ele nem veio hoje...

De novo, a reação dela me surpreende. Quando falei, esperava que ela ficasse brava e fosse embora. Que sensata, que humilde! Eu estava mesmo errada sobre ela. E por que uma garota tão incrível ficou nervosa no primeiro dia de aula? Eu que deveria ter ficado nervosa!

— Ele ficou doente hoje — digo. — Infecção alimentar, pelo jeito.

Júlia suspira, alívio percorrendo seu rosto.

— Mas, se te deixa mais tranquila, eu não sou assim não — diz ela. — Não que eu seja boa em mostrar isso... Acho que eu já tô pirando por causa do terceiro ano, e nem começou direito ainda.

Júlia passa o resto da tarde comigo, e ensino um pouco de biologia para ela. A distração faz bem, e logo estou rindo com ela, provocando mais olhares acusatórios na nossa direção.

— Bom — diz ela, assim que terminamos de ver física. — Acho que é tudo que tivemos até aqui.

— Teve literatura. Você já começou o *2022*?

— Eu, hã, já li. — Ela faz uma careta, depois arregala os olhos, como se lembrando de alguma coisa. — Nossa, tinha esquecido de um... compromisso. Até amanhã!

Ela se levanta e vai embora de uma vez, deixando-me com uma careta confusa. Olho para o livro, as apostilas abertas, e decido que já estudei o suficiente. No ônibus, voltando para casa, sinto-me bem. Fazer uma amiga como ela parece me ajudar a virar uma Pessoa Séria. Chego em casa e minha mãe não está lá de novo. Esquento restos de jantar, só então notando que esqueci de almoçar, e vou para o PC.

Jogando o jogo das formigas, pergunto-me onde estará LB, o que ele está pensando... Quem sabe o e-mail tenha sido enviado há anos, e ele já me esqueceu. Quem sabe eu devesse desistir, e focar em alguma outra coisa. Penso no que Leo disse, sobre meios de fugir dos problemas. LB é um jeito fácil de escapar das minhas dúvidas: se eu o conhecer, posso perguntar qual curso fazer no vestibular, o que tá acontecendo comigo e a Ester, se algum dia vou parar de me sentir mal por causa do meu pai... Correr atrás dele é mais fácil do que tentar lidar com esses problemas. E lidar com eles é justamente o que imagino uma Pessoa Séria fazendo.

Não dá vontade de ser uma Pessoa Séria. Queria que tudo se resolvesse magicamente. Que LB mandasse outro e-mail e explicasse tudo. Vejo-me recarregando o gmail, de novo e de novo, esperando uma mensagem que nunca chega.

capítulo
quinze

Chego na escola sozinha pela segunda vez. Falei com Lucas antes de sair; pelo jeito ele melhorou, mas preferiu continuar em casa. Muito conveniente. Entrando na sala, não vejo nem Júlia, nem Leo, nem Má. O professor ainda não chegou, e tiro o celular do bolso, passando pelas minhas mensagens. "Talvez procurar LB seja perda de tempo", escrevi para Má ontem. "Ele deve saber que recebi o e-mail, e não fez nada. Eu queria muito exigir respostas dele, só que, se ele não quer ser encontrado, não acho que eu tenha chance." Ela não respondeu. Passei a viagem de ônibus olhando currículos de cursos, percebendo que mal sei o que os nomes das matérias significam, ou quais deveriam ser empolgantes. Estou lendo o currículo de administração quando uma garota de cabelo verde senta do meu lado.

— Má! — digo, animada. — Não achei que você vinha hoje!

— É... Bom, pelo menos eu não te deixei no vácuo depois de mandar um "não sei" sobre um encontro com seu melhor amigo tapado *barra* viajante do tempo ardiloso.

Apesar da fala espertinha, Má sorri um sorriso sem graça. De certa forma, ela fez pior sim. Sumiu sem dar explicação, e não falou nada desde então. Está usando piercings prateados no lábio, e não pretos, mas fora isso está idêntica. Não... Na verdade, tem olheiras profundas, difíceis. Quero perguntar se está tudo certo, mas não sei bem como.

— De qualquer forma — diz ela, desviando os olhos. — Não gostei do seu tom nas mensagens. Você tem que descobrir quem é LB! Qual é, é a coisa mais empolgante que já aconteceu nas nossas vidas! Prova do sobrenatural!

— Ou da ficção científica — digo, torcendo o nariz. — Se bem que a Ester falou que é impossível, então talvez seja sobrenatural mesmo. Quer dizer, se for verdade, né.

— Você não quer no mínimo descobrir se é?

— Pode ser... — digo, desanimada. — Quer almoçar comigo no shopping hoje?

Má sorri, mas logo depois seus olhos se arregalam. Ela balança a cabeça, afastando o que quer que tenha pensado.

— O que foi? — pergunto.

— Nada. Claro, vamos almoçar sim.

O professor entra na sala, já bradando algo sobre sujeito composto, calando a turma toda. Sinto o celular vibrando na minha mão.

"Filha, você consegue, bem, dormir na casa de algum amigo hoje?"

Franzo o cenho. Que curioso, ela nunca pediu nada assim.

"Tipo fazer isso sem perguntas?"

"É", responde ela. "Esquece. Deixa pra lá."

Hoje tem o churrasco da sala... É uma boa desculpa pra pedir pra dormir na casa de alguém. Mas quem?

A porta da sala se abre, interrompendo o professor. Júlia pede desculpas pelo atraso, sentando-se na segunda fileira. Uma ideia besta vem à minha mente.

"Tudo bem, mãe", digo. "Já até sei pra quem pedir."

capítulo dezesseis

— Oi?
— Desculpa se for esquisito, é que se não for assim eu não consigo ir... — digo, olhando para o chão. Não é bem mentira, mas também não é bem verdade.

Júlia me encara com um sorriso cheio de dúvida. Eu a chamei para conversar num canto do pátio de baixo, atrás de uma árvore, longe da aglomeração da cantina.

— Eu sei que você mal me conhece — continuo, tentando soar inofensiva, ou desesperada, ou ainda até inocente... Tudo menos oportunista. — Mas eu juro que me comporto. Pode ver com os seus pais ou coisa assim. Eu durmo depois da festa, vou embora de manhã.

Júlia torce a boca. Não é esquisito pedir para ela: é a anfitriã, anunciou a festa, tentou virar amiga de todo mundo. Sendo tão extrovertida, pode estar acostumada com esse tipo de situação. Ela que começou, sendo superlegal comigo na biblioteca. Não tem como ela imaginar que tenho outros motivos.

Espero que a sua primeira impressão da Júlia seja melhor, ela vai te ajudar muito.

Me ajudar com o quê? Virar extrovertida? Ter um cabelo tão bonito? LB não falaria se não fosse importante. Dormir na casa dela me dá uma chance de descobrir, e, com sorte, entender mais sobre o viajante do tempo.

— Tudo bem — diz ela, abrindo um sorriso largo.
— Legal, Júlia, obrigada!

Trocamos números de celular e ela se despede, indo até a lanchonete, logo sendo abordada por um grupo de garotas da nossa sala. Olho para o outro lado do pátio e Má levanta o polegar, animada. A festa da sala, dormir na casa de Júlia... É bem isso que eu imaginava falando com Lucas na terça, sobre drama, emoção, aventuras... Se bem que nem sei se ele vai, né. E nem o Leo, que ainda não apareceu.

Estou curiosa para saber por que minha mãe quer que eu durma fora de casa, mas não posso perguntar. Esse o arranjo: sem perguntas. Ela não me perguntou sobre Lucas, afinal. Assim ficamos quites. Confio nela o suficiente para saber que não preciso me preocupar.

O resto das aulas da manhã corre bem, e até consigo absorver um pouco do que é dito. Depois, eu e Má caminhamos pelo centro, indo até o shopping. Penso que só vamos discutir sobre LB, viagem no tempo, Leo, Lucas ou Pensante, mas Má começa a falar que está jogando um jogo idiota para passar o tempo, e descubro que é o das formigas. Ela tem muita raiva do jogo, diz que é péssimo, e rio muito quando ela diz que apesar disso ela não consegue parar de jogar.

— E não li direito a droga da religião que criei e agora minhas formigas estão fazendo sacrifícios ritualísticos pra me deixar feliz. Mas não deixa! Parem de se matar! — diz ela, furiosa, fazendo-me rir ainda mais.

— Converte todo mundo ao Açucarismo — digo. — O pior que as minhas formigas fizeram até agora foi proibir certos tipos de casamento.

Compartilhamos estratégias, experiências, e até esqueço um pouco de tudo que me deixou para baixo ontem. Só quando chegamos na praça de alimentação me pergunto se Má percebeu que eu estava triste e quis me animar.

Parece que faz eras desde que estive ali, comendo com Ester e rindo, mas faz só duas semanas. Nada mudou: é uma praça ampla, com mesinhas quadradas, uma fonte baixa, e lustres grandes, parecendo enormes latas amarelas.

Má come um macarrão asiático esquisito, enquanto eu como só um sanduíche. Termino antes dela, e coloco o laptop em cima da mesa. Má vai até o meu lado, a cadeira saltitando, enquanto digito a minha senha.

— Deixa eu te mostrar o e-mail.
— Putz Lu, você usa Windows? Blergh.
— Mac é melhor?
— Não, nossa, ok, continua com Windows.

Abro o meu e-mail novo. "Oi, Malu". Só o título me dá um calafrio. Coloco o mouse em cima da mensagem e hesito. Ninguém leu a mensagem inteira, nem Ester...

Má encara a tela, curiosa, o piercing dançando no lábio enquanto ela mastiga. Ela é tão diferente da Ester. É meio tímida, mas meio grossa, e tem um lado querido, quis me animar falando de besteira... Ela é legal. Toda garota de cabelo colorido tem que ser confiável, não?

Meu coração martela enquanto Má lê os poucos parágrafos, os olhos escuros afiados, os mesmos olhos que conheci na aula de computação, enquanto ela mexia nos seus códigos. Tenho um impulso de mexer no cabelo dela, só para ver todas as cores escondidas por dentro. Lembro do que ela disse quarta, sobre encontros. *Devo ter menos experiência que você.* Não faz sentido. Ela intimida, sim, mas ela é bonita. Talvez mais do que só bonita... imagino Lucas me perguntando como chamá-la pra sair ou coisa assim.

— Que bizarro — diz ela. — Fala de mim. Ou você conhece outra Má?

— Não sei se conheço alguém tão "Má" quanto você.

— Vou encarar isso como um elogio — diz ela, abrindo um sorriso maléfico.

— Falando no e-mail, esqueci de te perguntar ontem. A Ester falou que ele parece um deslize, um erro... Mas se LB programou um sistema pra ficar enviando o e-mail, ele não podia ter, hã, desprogramado caso tivesse se arrependido?

— Claro. Mas ele pode ter esquecido. Ele pode ter programado o sistema pra parar de enviar a mensagem quando o seu e-mail fosse criado; talvez ele nem saiba que você leu. São muitas possibilidades... — Ela brinca com os piercings no lábio, e arregala os olhos. — E o seu plano? Pra saber se é o Lucas! Você ainda não me contou!

— Deixa eu fazer, depois eu conto — digo, encabulada. Tenho certeza que vou me sentir idiota falando do plano em voz alta. — Bom, você tem um só-faz-isso, pode usar pra me fazer te contar.

— Não, melhor guardar pra um momento mais oportuno. Aposto que consigo adivinhar sozinha. Você vai tentar seduzir ele e o Leo, e ver com qual dos dois funciona.

— Quê?! — digo, meio ultrajada, meio rindo. — Que plano péssimo!

— É. — Ela morde o lábio. — Nossa, é muito ruim mesmo, mega clichê. Além disso, provavelmente ia dar certo com os dois e não ia provar nada.

Recuo, piscando algumas vezes, em choque.

— Que foi? — pergunta Má. Não respondo, e ela bufa. — Ah, qual é, Lu, você seduz quem você quiser. Você é literalmente filha de uma atriz que faz propaganda de creme de beleza.

Faço uma careta, e Má envia a porção final de macarrão na boca, fugindo da conversa. Tiro o caderno da mochila, mostrando a cópia que fiz da tabela que ela fez no guardanapo.

— Ainda tem só esses quatro candidatos — digo. — Uma coisa que pensei é fazer uma armadilha. Tipo fazer um deles mencionar algo que não aconteceu ainda.

— Tipo mencionar algo que acontece no futuro? Como você vai fazer isso?

— Eu, hã, não pensei muito nisso. Daria certo se eu também soubesse algo do futuro, aí era só mencionar e ver a reação.

— Bom plano. Pra descobrir quem é o viajante do tempo, você viaja no tempo.

— É ótimo que o plano com certeza vai funcionar. Vou descobrir que o viajante sou eu mesma!

— E se... — Má arregala os olhos. — E se for? E se você que enviou o e-mail?

Ela me encara, séria, e sinto meus lábios se separarem, o ar escapando. Será? Isso faz algum sentido? Talvez...

Má não aguenta; começa a gargalhar alto na praça de alimentação.

— Sério que você considerou isso? Não faz nenhum sentido!

— Cala a boca — digo, meio rindo. — Como que eu vou saber o que se passaria na minha cabeça caso eu voltasse no tempo?

— Bom, é o mínimo — diz Má, ainda rindo. — É tipo alguém que viveu sei lá, trinta e poucos, vivendo a adolescência de novo. Como qualquer um entenderia o que se passa na cabeça dessa pessoa?

— É... — Uma ideia me faz arregalar os olhos. — E se eu não entender, será que eu vou gostar dele? Fiquei pensando que LB não quer me conhecer pra não mudar quem eu vou me tornar, mas será que eu vou gostar de quem ele se tornou? Se ele viajou no tempo, com certeza virou uma pessoa diferente. Talvez por isso a mensagem tenha soado tão esquisita. Ele pode saber que nosso relacionamento estaria fadado ao fracasso antes mesmo de começar.

Má fica séria, torcendo a boca, brincando com o piercing no lábio.

— É uma possibilidade — diz ela, levantando-se. — Vou pegar um sorvete, você quer?

— Morango com chocolate — digo, sorrindo.

Má se levanta e volto a olhar a tabela. Essa coisa de viagem no tempo é muito complicada. Estou batucando no meu caderno quando ouço um clique. Olho para cima, distraída, e vejo o enorme lustre balançando, e se soltando. Ouço passos.

Não tenho tempo de reagir: só sinto o choque. Sou arremessada para fora da cadeira e caio de lado, deslizando pelo piso enquanto o lustre cai bem em cima de onde estive até meio segundo atrás. Fico deitada, paralisada, vendo a figura que salvou a minha vida se levantar, olhos arregalados, a mesma expressão confusa cômica que conheço tão bem.

— Lucas? — digo, incrédula. — O que aconteceu?

— Algumas coisas... — sussurra Lucas, olhos arregalados, parecendo em outro mundo. Ele tem olheiras, e está pálido. — Algumas coisas simplesmente acontecem.

A praça se enche de gritos e movimento, e uma aglomeração se forma à minha volta. Vislumbro os seguranças do shopping correndo em minha direção, e Má me olhando boquiaberta do outro lado do saguão.

Lucas me olha como se eu fosse um leão, prestes a saltar no pescoço dele. Ele pisca, e, sem dizer nada, sai correndo.

O que acaba de acontecer? Eu quase morri? O Lucas me salvou? Eu não o vi antes! Ele estava me seguindo e viu que o lustre ia cair? Ou...

Ou ele já sabia que ia acontecer?

capítulo dezessete

— Esquece o que eu te pedi — diz minha mãe, dirigindo, enquanto voltamos para casa. — Você vai dormir em casa hoje.
Depois do lustre quase cair na minha cabeça ficamos um bom tempo na administração do shopping. Eu nunca tinha visto alguém tão bravo quanto a minha mãe, ou tão assustado quanto o pessoal do shopping. Deve ser uma experiência surreal ter a atriz da novela berrando com você por quase matar a filha dela. Deram a entender que eu seria indenizada, que iam investigar o ocorrido, que nunca ia acontecer de novo... Nada acalmava ela. Em certo ponto achei que ela ia estrangular alguém.
— Não precisa, mãe. Você já teve que sair correndo do trabalho, e...
— Que se dane o trabalho — diz ela, ainda meio raivosa. — Você é a minha filha.
Sorrio, encabulada, mas não posso aceitar. Não mencionei que Lucas me salvou... E ele parecia bem o suficiente para ir na festa. Mentira; ele parecia péssimo. Mas se há a possiblidade de ele estar lá, não posso perder.
— Não precisa mesmo. Hoje vai ter uma festinha da turma, eu vou dormir na casa de uma nova amiga...
— Tem certeza?
Paramos no semáforo e minha mãe me olha de cima a baixo, séria, lendo-me. Ela suspira, tirando o peso dos ombros.
— Suponho que o mínimo que eu possa fazer é deixar você se divertir. Desculpa, filha... Eu deveria ter sido mais discreta. Os jornalistas viram você, isso vai sair em vários lugares, logo seus colegas na escola nova vão ver, e...

— Não foi culpa sua — digo, tranquila. Nunca fui notícia nesses sites de fofoca, mas acho que não vai ser muito problema. Peço umas dicas pra Má de como ser malvada e me defender. — Mas fala a verdade, você que não quer aparecer em site de fofoca, né?

— Eu nunca deveria ter ido pra televisão — bufa ela. — O teatro era mais divertido, mais leve...

— Mas na televisão você é vista por muito mais gente! — digo, indignada. — E aí todo mundo pode ver o seu talento!

Minha mãe sorri, mas é um sorriso cansado.

— Você sabe que eu nunca quis fama. Eu nem esperava que a atuação virasse meu sustento. Por mim, atuar para meia dúzia de interessados já seria suficiente. Mas depois que o seu pai se foi, fiquei preocupada com você, achei que um dinheiro a mais ia ajudar... — Ela ergue a cabeça e me olha, com uma expressão de perdão. — Quer dizer, não foi culpa sua, não é como se ter ido pra televisão fosse um grande sacrifício, é ótimo, mas...

Ela suspira de novo, mordendo o lábio.

— Por que você não atua em peças de vez em quando? — pergunto. — Tipo, pra se divertir.

— Não parece má ideia. Meu antigo diretor falou comigo outro dia...

Ela deixa a fala morrer, pensativa. Minha mãe anda trabalhando bastante mesmo, além de todos os pequenos estresses de ser uma figura pública. Lembro do que Júlia comentou, sobre a peça que minha mãe interpretou Ana Paula, a apresentação que a colocou no mapa. Já ouvi a história uma porção de vezes: era um papel pesado, envolvendo justamente a morte de um marido, e todos no elenco e produção insistiram para minha mãe não fazer... Mas ela fez mesmo assim. Logo depois da tragédia, ergueu a cabeça e impressionou o país.

Será que LB sabia que isso iria acontecer? Será que meu pai teve que morrer para ela virar famosa? Não parece que melhorou tanto a nossa vida: ele continuaria trabalhando, minha mãe continuaria só no teatro... Será que seríamos mais felizes?

— Mãe, escuta... Sabe aquela sua apresentação?

Ela não precisa que eu diga qual.

— Sim?

— O que você acha que teria acontecido se você não tivesse se apresentado? Você teria ido trabalhar na novela de qualquer forma?

— Talvez... — Ela torce os lábios. — Você sabe, essa história é bem romantizada. Já estavam me sondando há meses; não acho que só essa apresentação convenceu ninguém a me contratar. Embora tenha sido, sem dúvida, minha melhor. Duvido que um dia eu faça igual.

— Ah qual é, você ainda tem muita coisa pra atuar. Aposto que faz até melhor.

— Aquela apresentação foi... diferente.

Minha mãe fica quieta. Ela abre a boca meia dúzia de vezes, como se tentando começar a conversa sem saber muito como. Quando conversamos sobre o papai sempre é assim. Ela nunca foi muito boa em expressar o que está sentindo... Só é diferente quando atua: aí torna-se outra pessoa, cheia de emoção.

— Eu tinha encenado aquela peça centenas de vezes — começa ela, mirando a estrada enquanto dirige. — A apresentação depois que o seu pai faleceu foi diferente. No meio da cena, repetindo as mesmas palavras que repeti centenas de vezes, eu percebi que não tinha entendido nada. — Ela solta um riso amargo. — Eu achava sabia como a personagem se sentia, mas eu não tinha a menor ideia do que é passar pelo que passamos com o seu pai. Naquela apresentação, eu não encenei. Eu *fui*.

Ela aperta o volante com mais força. Abro a boca para perguntar alguma coisa, quebrar aquele silêncio incômodo, mas ela franze o cenho.

— Quem é aquela na porta?

De pé, na soleira da minha casa, vejo uma garota de cabelo verde.

— Putz, a Má já chegou! — digo, lembrando que ignorei várias mensagens dela. Depois do lustre cair, falei para nos encontrarmos na minha casa antes da festa. Não esperava passar tanto tempo no shopping.

Minha mãe manobra na garagem, e Má nos percebe chegando. Está arrumada: usa um vestido preto, bem mais colado que as camisetas frouxas que ela usa na escola, destacando a forma miúda dela. Não está mais maquiada do que de costume; só uma sombra suave nos olhos, cheios de antecipação.

— Lu! — diz ela, assim que saio do carro. — Você não respondeu!

— Desculpa, depois de quase morrer eu repensei a minha vida e vi que tava viciada em celular. Agora vou aproveitar mais o presente e tal.

Má franze o cenho e semicerra os olhos, brava, mas quando rio ela me acompanha. Minha mãe cruza o carro e olha Má com curiosidade.

— Mãe, essa é a, hã... — Sempre acho esquisito apresentar gente para a minha mãe por apelidos. Por sorte, Má completa:

— Maria Luísa Breves — diz ela, olhos amplos, travada no lugar como se visse alguma espécie de deusa. — Prazer, dona Sônia.

— Prazer — prazer minha mãe, sorrindo. Má continua travada, então puxo-a pelo braço e destranco a porta.

Entramos no meu quarto e fecho a porta atrás de nós. Má inspira fundo, pronta para falar, mas ela olha em volta, analisando os pôsteres de filme de romance, as minhas fotos com Ester, a cama rosada com a coruja de pelúcia...

— O que foi? — pergunto.

— Nada, é só... diferente do que eu esperava.

— O que você esperava?

— Não sei, pra ser sincera. Você que é a menina que matou a primeira aula do ano. Imaginei uns pôsteres de banda de metal, quem sabe velas vermelhas, drogas...

— Isso é pra quando minha mãe tá fora de casa.

Jogo-me na cama e Má senta-se na minha cadeira, girando-a.

— Isso que aconteceu — começa Má — do Lucas. Foi muito bizarro.

— Sabe o que ele me falou? — digo, mirando o teto. — "Algumas coisas simplesmente acontecem." É uma das frases do e-mail.

Má não responde. Levanto-me devagar, e ela está com os olhos comicamente arregalados. Os piercings dançam nos lábios dela, e imagino a barra de progresso se preenchendo enquanto ela processa a informação.

— Que absurdo! — diz ela, finalmente. — Isso quer dizer que ele sabia que isso ia acontecer? Será que o lustre caiu em você na linha do tempo de LB? Isso é muito impossível!

— Mais impossível que viajar no tempo?

— Talvez. Tem um negócio que chama teoria do caos. Efeito borboleta, manja?

— Aquele negócio do bater de asas da borboleta causar um furacão no outro lado do mundo? — digo, franzindo o cenho.

— Não Lu, calma. Esse exemplo da asa da borboleta é bem idiota. Tipo, então uma borboleta batendo a asa mil vezes destrói um continente? — Má bufa. Ela nota minha expressão perplexa e se apressa para explicar: — O furacão é só um exemplo pra dizer que um ato minúsculo pode ter consequências inimagináveis. Então, tipo, a situação é que o LB voltou no tempo, certo? Então há uma versão do passado... Pera, melhor desenhar.

Má se vira para a escrivaninha e puxa uma folha em branco da impressora, e uma caneta colorida da caneca.

— LB nasceu, te conheceu na faculdade, *et cetera* — explica ela, desenhando uma linha horizontal. — Essa é essa linha do tempo que LB namorou você, que não existe mais. Até certo ponto, é igual à nossa. — Má pega outra caneta e desenha outra linha, que segue junta da primeira.

— Aí LB voltou no tempo, e fez alguma coisa diferente — diz ela, e faz a segunda linha se afastar da primeira. — Pode ter sido algo pequeno, tipo sei lá, dizer "claro" ao invés de "sim". Mas, a cada uma dessas… — A segunda linha se afasta cada vez mais, formando um Y deitado.

— As pequenas ações de LB mudam o mundo.

— Isso. Nos primeiros dias, ele teria sido capaz de prever praticamente tudo. Mas quanto mais tempo passa, mais as coisas mudam. Imagina: estamos tendo essa conversa por causa do e-mail que você recebeu. Sem o e-mail, você não falaria comigo, não pedia pra dormir na casa da Júlia… Olha quanto a sua vida já mudou por causa de uma mensagem!

— Mas o lustre ainda caiu na minha cabeça. Então eu estaria no mesmo lugar, exatamente na mesma hora, e nada fez diferença? Isso é que nem o raio, que caiu de qualquer forma? Nada que LB faz muda o que acontece?

— Não parece que é isso. Termos esta conversa prova que já mudou. Mas, quem sabe…

Má volta a caneta para o ponto onde as linhas se dividem, e traça uma terceira, entre as duas. Uma linha curva, que encontra a de cima e depois desce, encosta na de baixo e sobe, flutuando entre as duas.

— Algumas coisas simplesmente acontecem — digo, entendendo a frase de Lucas. — É isso, então? LB pode mudar o mundo, mas no final algumas coisas vão acontecer, e ele não tem como impedir?

— Bom, isso explicaria o lustre hoje.

— Então é o Lucas? Não, calma, não faz sentido. Será que na outra versão do universo o lustre cai e me mata? Ou ele me salvou naquela também? E, se me salvou, foi só coincidência?

— Boas perguntas — diz ela, torcendo a boca. — Que difícil. Bom, pelo menos você tem um jeito fácil de descobrir.

— Tenho?

— Ué — diz Má, com um sorriso maléfico. — O Lucas não é o seu vizinho?

capítulo dezoito

Observamos a casa de Lucas, escondidas atrás do poste. Estou com um vestido da minha mãe — um que pedi permissão para pegar, desta vez — e pronta para a festa, que começa em uma hora. Minha mãe ficou tranquila quando expliquei que vou dormir no prédio da festa. Mas eu não fiquei tranquila. Desde que ouvi o plano de Má, não estou nada tranquila.

— Vai lá — diz ela. — Toca a campainha. Você tem todos os motivos do mundo pra querer conversar com ele.

— Não dá pra esperarmos mais uns minutinhos? — digo, aflita. — Vai que ele liga o PC...

— Não Lu, não dá. Eu te falei: quando eu fizer a minha mágica, a tela dele pode piscar. Melhor não arriscar, faz ele ligar o PC, distrai ele por um segundo, e tá feito.

Enquanto eu me preparava para a festa, Má bolava o plano. Preciso perguntar para Lucas se ele é LB, mas sabemos que isso pode não ser suficiente. Se ele for mesmo o viajante, ele pode mentir e não falar nada, como quem quer que seja LB já vem fazendo. Então, enquanto eu tento perguntar mais diretamente, Má vai invadir o computador dele para ver se há algum e-mail estranho.

Não parece legal invadir o computador dos seus amigos, mas estou pouco me lixando. Eu preciso saber. Será que é como Má falou, "algumas coisas simplesmente acontecem", e meu pai morreria de qualquer forma? Não tenho opção, preciso fuçar as coisas dele. Uma Pessoa Séria teria esse tipo de exceção na sua ética? Com certeza: uma Pessoa Séria não tem medo de ser quem é. Foi isso que a minha mãe disse, acho.

— Aquela é a janela do quarto dele — aponto. — Bem embaixo da árvore.

— Ótimo. Ali deve pegar sinal da wi-fi.

— Tá. Ele não pode te ver, precisamos de um sinal. Se eu gritar, hã, "parafuso" você vai embora.

— Por que parafuso?

— Em qual outra situação eu gritaria parafuso?

— Sei lá, vai que tem um parafuso voador assassino vindo na direção do Lucas. Ou vocês tão fazendo saltos ornamentais.

— Putz Má, verdade, tem os nossos saltos ornamentais de sexta à noite.

Má ri de mim, e rio também, baixinho, relaxando.

— Então se eu falar você foge, e a gente se vê na festa. E ai de você se você usar isso de desculpa pra não ir.

— Já falei que eu vou! — diz ela, irada. — Eu até coloquei um vestido! Se você duvidar de novo aí sim que não vou!

— Ok, ok. Vai lá, boa sorte.

— Boa sorte pra nós duas. E eu que achava que não ia acontecer nada empolgante no terceiro ano...

Má esgueira-se pelo lado da casa, parando do lado da árvore que mencionei, perto de onde costumava existir um balanço, até o dia que o Lucas tentou dar saltos mortais. Acima, a luz da janela do quarto dele está acesa.

Inspiro fundo e vou até a porta. Não tem carro na garagem: ele deve estar sozinho em casa. Aperto a campainha. Ouço o som de Lucas correndo escada abaixo, e a porta logo se abre.

— Ah.

É uma reação estranha, mas não inesperada. Eu mesma congelo, sem saber o que dizer. Quando comemos no restaurante, Lucas esteve arrumado, só que não parecia confortável, como se tentando impressionar sem saber muito como ou por qual motivo. Ou, ainda, se deveria.

Agora ele veste uma camisa social preta, as mangas enroladas até acima dos cotovelos, e uma calça jeans azul clara, mais solta. Ficamos nos encarando, ele baixando os olhos pelo meu vestido e apressando-se para levantá-los de novo, inquieto.

— Oi Lucas — digo. — Você parece melhor.

Não estou mentindo: comparado com a visão pálida e cheia de olheiras que vi no shopping, ele parece até normal. Ainda está com cara de doente, mas agora parece só que ele dormiu mal, não que é um viajante do tempo lunático.

— Quase fui na aula hoje — diz ele, coçando a nuca. — Minha mãe que insistiu pra que eu ficasse em casa. Pelo menos ela me deixou ir na festa hoje.

— Ah, que legal que você vai! Eu ainda tô meio abalada, ficamos horas no shopping...

— Você quer, hã, entrar? Beber alguma coisa, se acalmar, sei lá?

Assinto, e Lucas me guia até a cozinha. Ele vai até os fundos, colocando água para esquentar e preparando um saquinho de chá.

— Bom, pra quem tá abalada, você parece animada pra ir na festa — diz ele, focado na xícara. — Se aquele lustre tivesse caído na sua cabeça, você podia mesmo ter morrido.

— Ah, o lustre não era tão grande assim... — Hesito. — Mentira, era sim. Teria me esmagado.

— Toma — diz Lucas, me passando uma xícara. — Camomila. Pra acalmar.

Sorrio e agarro a xícara com as duas mãos, receosa. Está bem quente; verdade seja dita, ainda é verão, e tomar um chá quente é meio esquisito.

O clima na cozinha é tenso. Lucas está apoiado na pia, olhando para o chão, e estou parada, segurando a xícara. Ele sabe que vou perguntar sobre o que aconteceu hoje, e não quer responder. Sinto isso nele, com a mesma certeza que senti que ele mentiu sobre o e-mail. Ele espera a pergunta. Está tremendo?

— O Pensante colocou um novo vídeo ontem, você viu? — digo. Lucas ergue os olhos, com uma expressão que diz "é sério que você tá me falando isso agora?" — O chá tá bem quente. Podemos assistir enquanto esfria.

— Ah — diz Lucas, a face congelada na mesma expressão. — Pode ser.

Sorrio, satisfeita, acompanhando Lucas para fora da sala. Assim subimos até o quarto dele, ele liga o PC e tá tudo certo!

Lucas vai em direção às escadas e faz uma curva, indo até a sala. Óbvio: se os pais dele não estão em casa, por que não veríamos na televisão?

— É esse aqui, sobre maturidade emocional? O Pensante sempre se supera nos títulos vagos — diz ele, procurando o vídeo. Não me movo, ainda no corredor. Ele se volta para mim. — O que foi?

— É que... — *Droga!* Como eu o convenço a ver o vídeo no computador? Não tem uma desculpa pra isso. Ele parece preocupado, seja comigo ou com a situação. Posso usar isso a meu favor. — Acho que ainda tô meio abalada com o que aconteceu, e os vídeos do Pensante são tão pesados...

— Ah — diz Lucas, franzindo o cenho. Quase leio os pensamentos dele: eu que sugeri o vídeo, e agora desisto? Baixo os olhos, fingindo desânimo, e depois bato uma palma animada, abrindo um sorriso enorme.

— Já sei! Tem um jogo que eu queria te mostrar! Tô jogando desde o final de semana, é muito legal, são umas formigas que constroem uma cidadezinha, e aí elas fundaram uma religião, e hoje surgiu um gênio científico que inventou...

Enquanto explico, um milhão de emoções passam pelo rosto dele. Primeiro parece preocupado, depois desconfiado, em pânico, curioso, feliz, triste... Pisca várias vezes, apertando os olhos, como se fosse míope e tentasse me enxergar direito, ver algo em mim que dê qualquer dica do que diabo estou tentando fazer. Finalmente ele dá de ombros, e sobe as escadas. Sigo, dessa vez com um sorriso genuíno.

O quarto de Lucas é tão familiar quanto o meu. A cama no canto, a escrivaninha cheia de papéis, o quadro do Bruce Lee... Seria aquele o quarto do viajante do tempo? O Lucas faz bastante coisa, mas, comparado com o Pensante, com Simone Dôup, ou até com o Leo, ele é tão normal. Não faz sentido ele ter me salvado hoje. Se for ele mesmo, ele tem que ensinar algumas coisas sobre atuação para a minha mãe.

Lucas liga o PC, e o som das ventoinhas enche o silêncio entre nós, junto com as luzes coloridas refletindo na parede. Sento-me na cama, esperando Lucas se sentar na cadeira como sempre faz, mas ele continua em pé.

— Não dá — diz ele. — Eu não aguento mais.

Não digo nada; só o encaro, sentada na cama.

— Tipo, eu surjo do nada, salvo você do lustre que nem um maluco, falo nada com nada, quase vomito no meio do shopping, saio correndo sem me explicar... E você entra aqui como se não tivesse acontecido nada? Você não me pergunta, não fala nada? É alguma pegadinha? Você fez um daqueles canais de YouTube de experimento social e tá me torturando? Primeiro me ignora, depois me chama pra sair, aí eu digo que te namoraria e você não faz nada, e aí eu salvo a sua vida e aí...

Lucas para de falar, sem fôlego. Ele está branco. A ventoinha do computador acelera. A tela se apaga, e depois se acende de novo, toda preta, só com letras brancas. Má.

— E aí? Você não vai dizer nada? — pergunta Lucas. Fico em silêncio, paralisada, e ele bufa. Vejo os pés dele girando em direção à mesa e pulo de pé.

— Não!

— Não? — diz ele, virando-se de volta para mim. A tela muda, e volta à imagem de início do Windows. — Não o quê? Não tem nada pra falar?

— Não... Quer dizer, sim! Eu tenho sim!

Lucas franze o cenho, recuando, como se as minhas palavras estivessem fazendo o cérebro dele fritar.

— Não é o que você tá pensando — digo, sem saber de onde aquilo veio.

— ... e o que é que eu estou pensando?

Não tenho a menor ideia. O que uma Pessoa Séria faria? Falaria a verdade?

— Eu não sei mais se te conheço.

As palavras escapam. São sinceras: as mais sinceras que disse a Lucas desde o começo da semana. Mas ele não tem como ver isso.

— *Você* não me conhece mais? — diz ele, incrédulo. Lucas enfia a mão no cabelo, penteando-o para trás e desviando o olhar de mim, como se olhasse para uma terceira pessoa imaginária, para ver se alguém concordava com o absurdo que eu tinha dito. — Eu que não te conheço! Eu...

— Por que você veio morar aqui? — disparo.

— Hein?

— Você se mudou pouco depois que eu fiz treze anos. Você e os seus pais vieram pra cá, bem onde moro. Por quê?

— Eu sei lá, Malu. O meu pai mudou de emprego e ele sempre quis morar em uma casa, aí saímos do apartamento...

— E o e-mail bizarro? Que você falou na segunda? Por que você tá mentindo sobre isso?

A vida parece escorrer da face de Lucas. Nunca vi ninguém tão branco.

— É você, não é? — digo, irada, levantando da cama e indo até ele.

— Eu o quê? — retruca ele, num sussurro.

— Você não quer dizer quem você é pra não me mudar — digo, apontando para ele. — Você não quis me ajudar pra minha vida ser como deveria ser! Você me viu sofrer e não fez nada!

— Eu... — Lucas está arfando. Está suando. Parece prestes a desmaiar. — Eu preciso de um ar — diz ele, e vai até a janela.

— NÃO! — berro. — PARAFUSO! PARAFUSO!

Agarro Lucas pelo braço, puxando-o para perto.

O tempo para. Ouço a respiração de Lucas no meu pescoço, errática, sinto a batida frenética do coração dele, o perfume da colônia cara que minha mãe deu pra ele anos atrás.

Talvez não seja só a respiração dele a acelerar. O coração dele a palpitar. *Eu tinha um plano*, penso. Já abracei Lucas muitas vezes, mas nunca assim. Nunca por tanto tempo. Nunca...

Ele se inclina na minha direção, tão perto, os lábios quase nos meus... e o beijo.

capítulo dezenove

O churrasco começa bem diferente do que eu imaginava. É num salão de festas amplo, com uma sacada enorme, no primeiro andar do prédio. A turma inteira está lá, opinando sobre a carne, discutindo sobre as matérias e os professores e o pessoal, e bebendo. Alguém me dá uma cerveja e, entre confusão, apatia e curiosidade, aceito. Logo estou sozinha na sacada, sentindo o estômago embrulhado e o corpo fraco. Bebo sem perceber que é a primeira vez que tomo cerveja na vida. É amarga, e, honestamente, bem ruim. Será que esse negócio pode me fazer sentir melhor mesmo?

— Lu!

Má chega correndo até mim, olhos amplos, cheios de expectativa. Ela desce o olhar até a cerveja, e sobe até mim.

— Nossa, aí sim, isso que eu esperava da delinquente que matou a primeira aula do ano.

— Oi Má — digo, sem entusiasmo, e bebo mais um gole. Ofereço para ela.

Má dá um gole grande, não faz careta nem nada. Quando engole, não sorri mais.

— O que aconteceu lá no Lucas? Desculpa, quando ouvi você gritando parafuso eu saí correndo, mas não tinha terminado de copiar os e-mails dele, então deixei seu laptop lá, mas a previsão não é chuva, nem... Você tá bem?

— Não é o Lucas. E eu fiz besteira.

— O que você fez?

— Eu...

Olho para a festa, e vejo Lucas dentro do salão, cercado de gente. Não olha para mim. Está escuro lá dentro, e aperto os olhos, mas não consigo ver a expressão no rosto dele. Está feliz? Triste? Não consigo dizer.

— Eu beijei ele.

A boca de Má se escancara.

— Você *o quê*?

— É, eu tinha que distrair ele, e aí...

O piercing de Má dança no lábio dela, e ela comprime os lábios, como se segurando alguma pergunta. Ela me olha com uma expressão estranha, analítica, a expressão que usa quando está mexendo no computador.

— E por que você acha que não é ele? — diz ela, finalmente. — Aconteceu mais alguma coisa? Ou...

Má continua falando, vomitando todas as perguntas que ficou matutando, e sinto vontade de rir dela, mas não rio. Só suspiro.

— Eu saberia, Má — digo. — Se ele fosse o LB. Se ele me conhecesse melhor do que qualquer um. Se ele me amasse.

— Sério que o seu plano era só *beijar ele*? Como isso te dá certeza de qualquer coisa?

— Eu... — Franzo o cenho. — Eu saberia, tá?

— Grande argumento, Lu. Você tá me dizendo que é alguma mágica? Você tem um sexto sentido amoroso que consegue definir quando alguém gosta de você pelo jeito que ele te beija?

— Não, quer dizer, sim, é que foi estranho...

— Você já beijou alguém que você gostava de verdade?

A pergunta me pega de surpresa. Nenhuma situação me vem à mente. Por algum motivo, penso em Ester.

— Por que você tá insistindo tanto nisso? — digo, sentindo a raiva subir pelo pescoço. — Não é como se você tivesse uma baita experiência com beijos, né?

Má para. Sua expressão está congelada. Ela levanta um dedo, e fecha a cara, com tanta raiva que acho que ele vai me dar um soco. Mas ela só fala:

— Primeiro: sua escrota. Vai se ferrar. Segundo: não é porque você tá aí toda arrependida que você pode me falar isso. Tchau.

O arrependimento bate como uma onda de água gelada, apagando o fogo da raiva.

— Má...

— Tchau.

Má gira nos calcanhares, entrando no salão de festas e me deixando sozinha. Fecho os punhos, amassando a lata e fazendo cerveja escorrer pelos dedos, soltando grunhidos de raiva. Como eu sou idiota! Tinha que ter dito aquilo pra ela? Eu devia...

Sinto o celular vibrar dentro da bolsa. Tiro-o dali, irritada comigo mesma, com a situação, até com Lucas, por não ser LB, ou não dizer que é LB, ou...

— Oi, Malu! — diz Ester, do outro lado da linha, animada.

Uma ligação de Ester consegue me animar em qualquer situação. *Qualquer*. As minhas mãos tremem.

— Oi, Ester — digo, trincando os dentes. — Que legal que você lembrou que eu existo.

— Eu... — Ester hesita, confusa. — Tá tudo bem, Malu?

— Não, não tá. — *Perdoa a Ester.* — Aconteceu alguma coisa, Ester? Você tá me evitando?

— Malu, me desculpa. A faculdade tá uma loucura, e... Não, vou ser sincera com você. Eu... eu tô fugindo de você.

Arregalo os olhos, incrédula. Tento falar, mas dos meus lábios entreabertos sai só um grunhido de raiva.

— Depois que li o e-mail do LB... Malu, é verdade aquilo sobre a minha festa de quinze anos? Foi porque eu fiquei com o...

— Sério que é nisso que você tá pensando? — digo, irada. — Isso faz *anos*, Ester! Eu até tinha esquecido!

— Esqueceu mesmo? Malu, você sabe que eu te adoro, mas você segura umas coisas dentro de você. Às vezes é difícil te entender. Tenta ver o meu lado. Isso me deixou confusa. Por que você não me contou?

— Porque não importa! — digo, quase gritando.

Espero que você perdoe a Ester. Será que é por isso? Por estar me ignorando depois de descobrir da droga da festa de quinze anos dela e como ela me fez sentir péssima e me trancar no banheiro e chorar até não aguentar mais?

Não. Tem que ser algo a mais. Se não, eu seria capaz de perdoá-la. Se não ela não teria me ignorado por tanto tempo. Ela não tá me contando alguma coisa.

— Eu sei — digo, fria. — Eu sei o que você tá escondendo.

Ela não responde. Sorrio, sentindo-me péssima, mas quente, raivosa. Se eu quero intimar LB a contar a verdade, por que não posso fazer isso com a minha melhor amiga?

Ester desliga.

Tiro o celular do rosto devagar. Ester desligou na minha cara. É isso mesmo? Ela nunca fez isso comigo, *nunca*. Não acredito! Não posso mesmo confiar nela?

Aperto o celular com força e lanço a lata amassada de cerveja pelo parapeito, gritando de raiva. Que noite! Primeiro Lucas, depois Má, e agora Ester? Será que Pessoas Sérias cometem esse tipo de vacilo? Não sei. Não tenho ideia do que é ser uma Pessoa Séria. Parece que a Malu da semana passada era melhor nisso.

Olho para o resto da festa, para meus colegas animados, hesitando em beber cerveja, vivendo suas vidas, fazendo amizades inesquecíveis... E aqui estou eu destruindo as minhas. Não quero pensar em como foi com Lucas, a estranheza, os olhares, o "tchau" sem jeito depois, eu sem saber onde enfiar a cara, querendo só fugir, só dar o fora dali e nunca mais lembrar daquela situação. Ele deve estar sentindo o mesmo. Não veio falar comigo, não me mandou mensagem... Tenho sorte se ele mandar algum dia.

Será que é isso, então? A minha nova vida de adulta responsável, de Pessoa Séria, será eu sozinha, tentando achar o LB e destruindo tudo?

Não.

Inspiro fundo, reunindo a coragem em mim, lembrando-me das palavras do e-mail. LB existe, e, do jeito que ele fala, eu realmente sou uma pessoa incrível. A "eu" do futuro merece ser amada, a ponto do viajante do tempo não conseguir esquecê-la. Eu mereço. Eu vou descobrir quem ele é.

O dia não foi desperdício: risquei o Lucas da tabela. Olhando pela festa, lembro que tenho mais um nome a riscar.

capítulo vinte

— E aí, Leo?

Leo olha para mim como se visse um fantasma, saltando no lugar, segurando uma lata meio cheia de cerveja. É a primeira vez que o vejo se assustar com alguma coisa, e aprecio os segundos que ele fica nesse estado antes de voltar à sua expressão calma e confiante.

— E aí, Malu? — diz ele, erguendo a cerveja para mim. De novo sinto algo familiar nele, talvez no jeito que fala, no sotaque ou dicção, ou no jeito que me olha. É uma sensação muito estranha.

— Não achei que você ia vir — digo, olhando para a festa.

Demorei a ir falar com ele: o encontrei conversando com Júlia. De início senti algo parecido com o que senti quando a vi conversando com Lucas, mas o clima da conversa era familiar, como se os dois fossem amigos de longa data. Enquanto esperava, não vi nem Lucas nem Má. Ainda bem. Júlia logo foi lidar com algum dos outros convidados, oferecendo-me a chance perfeita de conversar com Leo.

— Eu também não achei que eu ia vir — diz Leo, ensaiando seu sorriso enigmático.

Estou sem paciência para o sorriso enigmático. Para os jogos dele, as frases ambíguas, os sinais esquisitos... É hora de ser direta.

— Por que você me mandou aquele vídeo?

— Oi?

— O vídeo do Pensante. Sobre viagem no tempo, e consequência das ações... Você me mandou do nada, eu nem tinha falado com você no Facebook ou coisa assim e você já me enviou.

— Bom... — Leo desvia os olhos, sua persona enigmática quebrada pelas minhas perguntas. Ele parece pensar, mas não quero dar a ele tempo para isso.

— É um vídeo bem específico — digo, encostando meu ombro no dele. — Não é um dos vídeos mais vistos do Pensante, nem um dos mais elaborados... Por quê? Por que justo aquele, e por que pra mim?

— É só um vídeo. Você tá pensando demais — diz ele, voltando os olhos para a festa.

— Não tô não. Você me puxou lá no primeiro dia e falou comigo por um motivo. E você vai me contar qual é.

Leo inspira fundo, esticando o corpo, parecendo até ficar mais alto. Ele desvia os olhos para o chão, como se tomando coragem para fazer algo difícil, quem sabe algo que ele sempre teve vontade de fazer e nunca conseguiu. Quando ele abre os lábios, porém, só uma palavra sai.

— Amanhã.

Antes que eu consiga responder, ele dá as costas e vai até o corredor. Fico parada, sem reação, por um, dois, cinco minutos, até perceber que aquele é o corredor que dá para a saída. Não... Será? Vou até a sacada e vejo a sombra de Leo saindo do prédio e virando a esquina, desaparecendo na noite. Eu não sabia bem o que esperar dessa interação, mas, o que quer que fosse, não era isso. Promissor? Dou um gole na cerveja. Nem ideia.

Passo o resto da festa sozinha. Algumas pessoas da sala até vem conversar comigo, mas nunca dura. Acho que todos percebem que prefiro ficar sozinha. Não vejo Lucas nem Má, e Júlia está correndo de um lado para o outro, sendo a anfitriã, brigando com quem trouxe bebida mas percebendo que a essa altura é um esforço em vão, conversando com todos os grupos de amigos diferentes...

A raiva vai passando. A decepção, o ódio, tudo escorre de mim e se dissipa na noite. Não é tão grande coisa assim. Estou sendo dramática. É só falar com Lucas, pedir desculpas pelo beijo, prometer um só-faz-isso e contar a verdade sobre LB. Nego formalmente a oferta de namoro, peço ajuda dele para descobrir o que tá acontecendo, e voltamos a ser amigos. Ninguém vai se ferir. Depois peço desculpas pra Má, prometo o que precisar pra me redimir, e ligo pra Ester e digo que fui infantil com ela e precisamos conversar direito. Pronto: um plano de Pessoa Séria! Fico até orgulhosa. Será que esse é o efeito da cerveja? Não me sinto nem tonta.

Procuro Lucas, e não o encontro. Vou até a churrasqueira, entre as rodas de conversa, e nada. Será que ele foi embora cedo, que nem Leo? É, é algo que Lucas faria. Caminho por aí sozinha, lata meio quente de cerveja na mão, e saio do salão, passando pelo estacionamento, até que o vejo.

Está tão escuro que, se eu não o conhecesse tão bem, podia achar que era outra pessoa. Mas é ele, com certeza: está escorado num dos pilares do estacionamento, bem no fundo, longe do salão. Não está sozinho.

A minha primeira ideia é que deve ser Júlia. Quem mais? No escuro, fica difícil distinguir detalhes. Mas não pode ser: vi Júlia no saguão agora mesmo, e parece que Lucas está ali há bastante tempo, conversando com uma garota. Ela é mais baixa que Júlia, mais fina, e...

Meus olhos demoram para se acostumar com o escuro. Só um detalhe, porém, é suficiente para que eu entenda quem é.

O cabelo verde.

capítulo vinte e um

O resto da noite passa em flashes. Lembro de voltar para dentro, de mais algumas cervejas, de ser apresentada para grupos que não conheço, da sacada, e de vagar para fora, sozinha na noite... E então meu celular vibra.

"Você não ia dormir aqui?"

A mensagem me puxa ao presente. Quando dou por mim estou caminhando na rua, a uma ou duas quadras do prédio. Sacudo a cabeça, despertando, e respondo que só estive pegando um ar e já estou voltando. Subo pro salão de festas e encontro-o quase vazio, só Júlia lá, sentada, mexendo no celular, entre as latas no chão e os pratos sujos na mesa.

— Ah, oi — diz ela, levantando a cabeça e sorrindo. O sorriso não me convence: parece triste, ou decepcionado. Mas não comigo. Num estranho lapso de empatia, sinto que ela está decepcionada consigo mesma.

— Desculpa, eu só... precisei sair.

— Te entendo. Eu teria saído também, mas, se comigo aqui o salão já ficou assim, imagina sem? — Ela caminha na minha direção, parecendo cansada, bêbada, ou os dois, e entrelaça o braço no meu. — Eu já tava esperando pagar o extra da limpeza mesmo. Quem mandou eu ser anfitriã, né?

— É — digo, caminhando junto com ela até o elevador. — Escuta, você não... tipo... Seus pais não estão em casa?

— Ah, não, eu moro sozinha.

— Você não é daqui?

— Sou sim. Fui morar sozinha quando fiz dezoito.

— *Você tem dezoito?*

— Entrei na escola um ano atrasada. E eu morei fora, aí perdi um ano de escola.

— Ahn, sei...

Morar sozinha, pra mim, é um conceito de outro mundo. Imagina só! Cuidar de si mesma! Júlia é ainda mais madura do que eu imaginava... E provavelmente mais rica, também.

Subimos meio em silêncio, olhando nossas silhuetas no elevador. Júlia ri, vendo o cabelo bagunçado, a mancha na camiseta apertada... E eu fico séria, achando-me desajeitada do lado dela. E um pouco mais triste... Mas não é bem isso. Júlia também não parece bem. Eu e ela só temos os nossos jeitos de mostrar isso.

Chegamos no apartamento e somos recebidas por dois gatos marrons, um claro e um escuro.

— Bolo, Paçoca, digam oi pra Malu — diz Júlia, trancando a porta atrás de mim enquanto os gatos se esfregam na minha perna.

— Eles chamam Bolo e Paçoca? — pergunto, rindo e fazendo carinho enquanto eles miam para mim. Um deles é roliço que nem uma paçoca, e o outro tem cor de bolo de fubá.

— Eu sou diabética — diz ela, tirando os sapatos. — Tira o sapato antes de entrar, por favor. Enfim, não posso comer doce. E eu adoro bolo... Aí quando eu sinto vontade tenho um bolo que posso comer!

Júlia ergue o gato e enfia a cara nele, fazendo grunhidos e beijando-o. Rio mais alto agora, vendo o resto do apartamento de esguelha. Do lado da entrada há uma cozinha bonita, com uma geladeira moderna dessas de duas portas, um fogão brilhante, e até uma máquina de lavar e secar... Do outro lado da parede tem um sofá enorme, uma tevezona, e vários móveis desses que cheiram a muito dinheiro. É, realmente, ela é bem rica.

— Escuta — diz ela, ainda com o gato no ombro. — Eu acabei não montando a cama, tava ocupada com os preparativos... Você me ajuda?

— Ah, tá bom... — digo, desanimada, e bocejo.

— Se você tiver cansada pode dormir na minha cama mesmo, dane-se. É de casal.

— Ah, não quero incomodar...

— Imagina — diz ela, sorrindo e colocando o gato no chão, então jogando-se no sofá. — Eu também tô morta, pra falar a verdade.

Sento-me no sofá ao lado dela, sentindo o corpo mole, fraco, mas a cabeça ativa demais para dormir. Toda a vez que fecho os olhos vejo

Má e Lucas naquele canto da festa, sozinhos, próximos... O que mais poderia ser? Não é como se os dois estivessem só conversando. Estavam tão isolados, tão íntimos...

Lembro de empurrar Má para distrair Lucas, o jeito que ela olhou para ele, ela perguntando se nunca tivemos nada... sinto-me tão tonta, tão cega... Bem, pelo menos isso confirma que ele não é LB. Se ela queria tanto ter certeza...

Agora sobrou Leo, com seu "amanhã" misterioso, Pensante e Simone Dôup. Nem sei por onde começar com os dois últimos. Estão tão distantes da minha realidade, tão inacessíveis... Sozinha vai ser ainda mais difícil.

Quem sabe LB esteja certo em não querer me conhecer ainda. Quem sabe o e-mail tenha sido um erro. Como estaria sendo o meu início de ano se eu não soubesse dele? Eu e Lucas continuaríamos melhores amigos, eu não estaria tão brava com Ester, e talvez nem fosse amiga de Má para me decepcionar com ela.

— A sua noite também foi ruim? — diz Júlia, num tom meio de brincadeira. — Quer conversar?

— Não tenho certeza se eu entendo por qual razão tô me sentindo como eu tô. Tipo... Sendo bem lógica acho que não tem motivo, mas ainda tô assim, sabe? Me sentindo meio... traída.

— Acho que entendo — diz Júlia, e suspira. — Quer dizer, mais ou menos... Tô me sentindo assim também, mas... não sei. Foi uma semana bem estranha. Ontem, depois de estudar com você, eu fui num enterro. Acho que essa festa foi um jeito de tentar esquecer.

— Ah — digo, sentindo o estômago frio, a imagem do único enterro que fui na vida voltando com força.

— Foi bem ruim. E fiquei pensando na vida, nas decisões que tomei, se fiz as coisas certas... Às vezes eu acho que tenho arrependimentos demais pra alguém da minha idade. Um tempo atrás eu gostava muito de alguém, mas meio que sabia que não ia dar certo, então fiquei fugindo...

— Como você sabia que não ia dar certo? — interrompo.

— Então, esse era bem o problema. Eu não sabia, só assumia. E, nisso, deixei ela de lado e arranjei um namorado, e foi uma decisão tão estúpida, tão...

Deixou *ela?* Não digo nada, e Júlia logo continua:

— Foi bem ruim. Acho que ainda não superei, e fico fazendo essas coisas estranhas – ela suspira, decepcionada. — Saco, o Lucas parecia tão legal... Será que eu assustei? Ou fui muito lenta?

A sala enche-se de silêncio, e Bolo pula no meu colo, ronronando e pedindo carinho. Lembro de Fofinho, o gato que tive quando criança... Não pensava nele há tanto tempo...

— Engraçado, o Bolo é muito medroso, acho que ele gostou de você.

Paçoca pula no meu lado logo depois, e os dois se entrelaçam, ronronando enquanto faço carinho neles. Eu preferia ter visto Júlia no canto com Lucas; preferia bastante, até. De alguma forma não pareceria uma traição... Eu gosto dela. Vendo-a assim, olhando para o teto, refletindo sobre a vida, não parece nada confiante, nada certa... E isso a torna ainda mais forte que a imagem sorridente e enervante que eu tinha dela.

É com essa expressão, o rosto calmo, os olhos bem abertos fixos no teto, que ela quebra o silêncio:

— Malu, você já teve tudo que sempre quis e descobriu que tava errada?

— Como assim?

— Tipo... — Ela hesita, estalando os lábios. — Eu conheço... conhecia uma pessoa que conseguiu tudo que queria. Chegou lá, sabe? Fez o que sonhava em fazer. Mas aí, quando conseguiu, percebeu que não tinha a menor ideia do que tava desejando. Sabe?

— Eu... não, não sei.

— Acho que a maioria das pessoas da nossa idade não chega perto de viver isso — diz ela, pressionando os lábios. — Foi essa pessoa que, hã, morreu. Isso mexeu bastante comigo. Fico lembrando das conversas que tivemos... Eu tinha uma ideia tão clara sobre quem eu era, sobre o que eu queria de verdade, mas vendo o que aconteceu não sei mais nada. Eu só queria ser uma boa influência pras pessoas...

Não consigo segurar o riso, e ele escapa entre meus lábios tensos num espasmo violento. Júlia arregala os olhos.

— Desculpa — digo —, é que isso soa tão absurdo. Sei lá, não te conheço muito bem, mas você parece a menina mais bem resolvida da sala. Tipo olha só, você mora sozinha, cuida dos gatos, e já sabe que a vida não é só estudar e fazer vestibular e nunca pensar sobre as coisas.

— Isso só deixa tudo mais difícil! Eu nem sei o que eu vou prestar no vestibular! Antes eu tinha certeza que era letras, mas agora eu sei lá. Não tenho ideia mesmo. Semana passada fiquei horas acessando os cursos da universidade, olhando currículos, disciplinas, comentários de alunos... Parece que não sei mais o suficiente sobre mim mesma para tomar uma decisão.

— Pelo menos você tinha alguma ideia. Eu não sei nada.

— Sério? Você parece tão bem resolvida. Acho que intimidei um pouco as outras meninas da sala, com o meu jeito... Aí eu perguntei se tinha te feito alguma coisa e você foi super sincera! Não imagino alguém insegura ou incerta da vida fazendo isso.

— Ah, não foi nada demais.

— Foi sim — diz ela, séria. — Mas legal saber que não estou sozinha na indecisão. — Ela ergue uma mão, e bato na palma dela, depois entrelaçamos os dedos e deixamos as mãos caírem, sem energia.

— Não sei como sair dessa — diz ela. — Desculpa ter sido tão incisiva com você, e a coisa com Lucas, que nem deu em nada, e...

— Não tem problema. Desculpa se fui grossa com você.

— Eu mereci.

Rimos juntas, enchendo a madrugada com um pouco de animação. *Espero que a sua primeira impressão da Júlia seja melhor, ela vai te ajudar muito.* É, consigo entender isso. Imagino como eu posso ajudá-la também...

— A gente vai sair dessa — digo, animada. — Eu tenho certeza.

— É?

— É. Eu acredito que você consegue, se você acreditar que eu consigo.

Júlia sorri para mim.

— Combinado.

capítulo vinte e dois

Acordo com Bolo saltando do meu colo. Demoro para me situar: ainda estamos no sofá, dedos entrelaçados, eu e Júlia. Nem ideia de quanto tempo dormi no ombro dela. Júlia ressoa baixinho, ainda mais bonita adormecida. Levanto devagar, desvencilhando-me dela com cuidado, tentando não despertá-la. Tiro o celular do bolso: quatro e pouco da madrugada. A festa acabou que horas? Meia-noite? Não sei.

A minha bexiga dói de tão cheia, e vejo Bolo circulando uma das três portas no corredor. Abro-a e acendo a luz.

Não é o banheiro. Há uma escrivaninha, uma cama, poltrona, mas demoro a notar a mobília por causa da bagunça. O quartinho pequeno está entulhado de papéis, pilhas de livros, caixas pelo chão, poeira por tudo... Me faz pensar no escritório do meu pai; em como minha mãe não mexeu em nada, só fechou a porta e deixou mofar, por meses. Pouso o dedo sobre o interruptor, querendo apagar a luz e sair dali, mas Bolo está mordendo uma das caixas no chão, arrancando pedaços de papelão.

— Não, Bolo, para! — chio, o mais baixo que consigo, até notar o que há na caixa. Livros. O mesmo livro, exemplares iguais. Reconheço a lombada.

2022.

Estão novinhos, ainda no plástico, com a capa moderna... Só então noto o que há na estante: uma de cada uma das diversas edições que o *2022* teve, em várias línguas... O livro que previu tanta coisa, a história que deixou de ser ficção para virar profecia. Será que Júlia é fissurada pelo livro, procurando algum código nele? Nas minhas pesquisas li sobre gente assim, mas parece que ninguém achou nada relevante.

O que isso significa? Por que Júlia tem tudo aquilo ali? Corro meus olhos pela escrivaninha, vendo bolos de cartas, recibos, contratos, papelada de banco... Há um livro encadernado com espiral, e quando leio a capa meu coração quase para.

2022 – PRIMEIRO RASCUNHO

Como ela conseguiu isso? Não sabia que alguém tinha os rascunhos! Imagina quantos detalhes um leitor fissurado pode achar ali! Fuço pela mesa, procurando mais coisas, lançando olhares para trás, só Bolo julgando a minha falta de ética. Um envelope gordo chama a minha atenção. É cheio de folhas soltas, gastas, escritas à mão.

A pandemia foi horrível, mas quem sabe não seja uma boa escrever sobre ela. Eu tenho um plano. Outros acontecimentos marcantes de 2020 incluem...

Não são histórias: parecem artigos, cheios de explicações. Alguns falam de coisas cotidianas, com desenhos, comentários com uma letra desleixada, cheia de rasuras.

Não sei bem o dia que o prédio caiu, mas com certeza foi antes do carnaval, deve ter sido janeiro de 22. Em 23 descobriram que foi uma fraude de seguro; o prédio foi demolido, e os donos fizeram parecer que foi natural.

São memórias. Lembranças, escritas por alguém que já passou por este ano e estava se esforçando para lembrar de tudo... e escrever um livro?

Não lembro muito de 2019. Teve uma certa festa de quinze anos... Não, esquece, isso não é relevante.

Meu coração gela. A festa da Ester.

Bolo mia, e salto no lugar, um arrepio percorrendo meu corpo. Meu Deus é isso mesmo. LB. Ele anotou tudo que lembrava, escreveu o livro, e se escondeu no pseudônimo de Simone Dôup. Sem entrevista, sem foto, sem ninguém saber quem ele é.

Percorro os papeis em cima da mesa, procurando pistas, menções a mim, a Má, Júlia, qualquer coisa. Tiro uma foto de algumas das páginas escritas à mão, mas paro no meio, pensando que vai ser trabalho demais, e Júlia pode acordar a qualquer momento. Qual é a relação dela com LB, afinal? Será que é o irmão dela?

Minha respiração acelera. O que eu faço? Quais pistas procuro? Vejo outro livro em espiral, "2027 – PRIMEIRO RASCUNHO", embolorado, esquecido. Tremo pensando nas previsões que o livro pode conter, mas paro. No centro da mesa há um envelope preto, sério, sem nenhuma poeira. Meus dedos tremem enquanto abro. É o convite de um velório.

De Simone Dôup.

capítulo vinte e três

Não conversei com Júlia. Saí de fininho, mandei uma mensagem dizendo que amei conversar com ela, mas precisava estar em casa cedo, e peguei um madrugadão. Não queria fazer isso, mas eu precisava saber a verdade. E agora eu sei.

Encaro a lápide e sinto um buraco no peito. Não é tão diferente da outra lápide que costumo olhar... Mentira, é sim. Ali pode estar enterrada a única pessoa que me conheceu mais do que eu mesma; que sabia o que nunca contei a ninguém, que entendia como eu pensava, e que se apaixonou por mim. Ou pelo menos por uma versão de mim.

A lápide é cruelmente simples.

Simone Dôup.

Só isso. Sem epitáfio, sem data, só as duas palavras na pedra cinza. Está num ponto isolado do cemitério, embaixo de uma árvore. Tive que pesquisar muito, e deduzir um bocado, para descobrir que era ali. Verdade seja dita, só descobri por ter bisbilhotado o escritório na casa da Júlia. O escritório do seu irmão, que morava com ela até ter morrido. Morte na quarta, enterro na sexta. Foi cremado; eu nem pude ver seu rosto.

Quero sentir raiva, quero me decepcionar, mas tudo que sinto é um vazio. Eu nem tinha pensado nessa possibilidade. O e-mail era enviado todos os dias, automaticamente. LB não precisava estar vivo. E esse tempo todo eu fiquei procurando por alguém que morreu logo que eu descobri que ele existia.

É uma realidade cruel demais. Tudo que eu fiz, todos os erros idiotas que cometi ontem, foi tudo por nada? Não parece real. Mas lá está a lápide, e, na internet, achei fotos da cerimônia. Aconteceu mesmo.

Não sei o que sentir. Raiva, das perguntas que nunca vão ser respondidas? Alívio, de não ter que conhecer alguém que tem tanta expectativa sobre mim? Ou tristeza, por alguém que a futura eu ficaria arrasada em ver partir?

O sol nasce, e a lápide começa a me enjoar. É hora de encarar a verdade e ir embora. LB era Simone. LB está morto.

Tenho que esperar um tempo para pegar o primeiro ônibus que passa no sábado de manhã, e salto perto de casa. A janela do quarto de Lucas está apagada. Abaixo dela, tenho um vislumbre de uma forma prateada na grama, meio escondida na moita. Meu laptop! A Má deixou ali! Entro em pânico quando ele não liga, mas óbvio que não liga, a bateria deve ter acabado.

Suspiro, já pensando que vou ter que esperar um tempo antes de conseguir jogar o joguinho idiota e me distrair da situação, mas paro. As luzes da minha casa estão acesas. Ouço risadas.

Abro a porta devagar, e há um par de vozes vindas da cozinha. Da minha mãe e de mais alguém.

— Mãe? — chamo. As vozes se calam.

Fico um tempo na porta, tremendo de cansaço, trauma e confusão, até que minha mãe surge, ainda de camisola, olhando para mim com uma cara que é, de muitas formas, um espelho da minha expressão assustada.

— Oi — diz ela, olhos arregalados. — Achei que você ia chegar mais tarde.

— Tem alguém aqui? — pergunto, coçando a cabeça. As vozes ainda ecoam na minha cabeça. — Mãe, *tem um cara aqui?*

— É o Jorge, da novela. A gente, bom, está saindo.

— Você me pediu pra dormir fora de casa porque *você queria chamar um cara aqui?*

— Eu ia desistir, mas você queria tanto dormir fora…

— Mãe, não acredito que você tá namorando! E o papai?

— Já faz três anos, Malu… Já que você tá aqui, eu queria te apresentá-lo.

— Quê? — Sinto a cara ficando vermelha. Fecho os punhos. — Não! Eu não acredito nisso! Eu…

— Maria Lúcia — diz minha mãe, severa. — Eu vou te apresentá-lo. Você vai lá, cumprimenta ele, e depois se quiser pode ir pro seu quarto. Conversamos direito depois.

Sinto o rosto inflamar de raiva. Minhas mãos tremem, e quero ir embora, sair correndo, berrar com a minha mãe, quebrar tudo.

— Só faz isso, sem perguntas.

Inspiro fundo. Expiro. Relaxo.

— Essa foi pesada — digo a ela, num último momento de raiva antes de ir para a cozinha.

capítulo vinte e quatro

Chego no meu quarto e bato a porta atrás de mim. Essa foi longe demais. Ela vai ver, vou pedir algo absurdo na próxima... Como assim ela tá namorando? Por que não me contou? Como ela pode ter esquecido do papai tão rápido?

Nem lembro da cara do tal Jorge. A minha vontade era apontar todos os defeitos dele, jogar o prato de torradas na parede e me jogar no chão, como se eu tivesse seis anos.

Jogo a mochila em cima da cama, coloco o laptop para carregar e meu celular vibra. Tiro-o da bolsa antes de pensar que pode ser algo que não quero ler. Talvez uma mensagem da minha mãe, ou de Lucas... Bingo.

"Tá em casa? Preciso te contar uma coisa."

Bom, pelo menos Lucas tem a decência de querer contar sobre ele e a Má.

"Conta."

"Prefiro que seja ao vivo."

Arremesso o celular na cama, grunhindo de raiva. Era só o que me faltava! LB está morto, Lucas vai cortar laços comigo pra ficar com a Má, minha mãe arranjou um namorado, Ester não vai mais falar comigo... O que mais pode acontecer? Cair outro raio e botar fogo na casa?

Choro no travesseiro, soluçando até o estômago doer, os olhos arderem... Por que eu fui me meter nessa situação? O que eu fiz de errado?

O celular vibra ao meu lado de novo, e pego-o com raiva, já com vontade de mandar Lucas ou Má ou minha mãe ao inferno...

"É hoje. Chega aqui."

Leo. Aconteceu tanta coisa que demoro a entender do que ele está falando. Ele não pode ser LB: depois de ver as notas sobre 2022, óbvio que Simone é LB. Leo e Lucas não tinham nada a ver. E, sendo fria, faz sentido Pensante ser uma coincidência. Com tanto *youtuber* no mundo, um deles podia fazer tudo certo na plataforma por pura sorte. Mesmo o vídeo de viagem no tempo... Não são coincidências suficientes para se tornarem uma verdade.

Penso no sorriso misterioso de Leo e até acho que pode ser legal vê-lo, mas não estou em condições de ver ninguém.

"Não tô muito legal, Leo. Pode ser outro dia?"

Leo demora para responder, e recebo a notificação de um vídeo novo do Pensante. Talvez isso me distraia.

— Você já imaginou como seria ser uma pessoa num lugar, e outra no resto da vida? — diz Pensante, assim que o vídeo abre. — Um espião sem pátria, uma marionete de si mesmo, um ator em tempo integral... Ninguém sabe quem sou, fora eu mesmo.

Que começo bizarro. O que será que Pensante está pensando? Ele usa uma máscara simples nesse vídeo, cinza, igual à primeira.

— A solidão que eu subestimei por causa da juventude volta com força. Talvez seja hora de acabar com isso e tirar a máscara.

"Tem certeza?", diz a notificação da mensagem de Leo, surgindo por cima do vídeo. "Eu queria que você viesse."

Por que será? Meus dedos tremem. O tom de Pensante no vídeo está me deixando nervosa.

A mensagem de Leo chega ao mesmo tempo que Pensante fala, as duas em sincronia, como uma legenda.

— É hora de falar a verdade.

capítulo vinte e cinco

O vídeo do Pensante termina sem explicação. Só a última fala e um corte abrupto, diferente de tudo que ele já fez. Em outras situações eu estaria louca pela internet discutindo o que isso pode significar, mas dessa vez fico quieta. Será que...

Não. Não são coincidências suficientes.

Leo me mandou um endereço e disse para eu estar lá às sete, e depois sumiu da internet. Tentei ligar para ele, de novo e de novo, mas ele não atendeu. Na última, o som da chamada me embalou como uma cantiga de ninar, e sonhei com Pensante dançando comigo, e com a minha mãe me sacudindo e perguntando se eu quero almoçar.

Acordo sozinha no meio da tarde. Assusto com o horário, mas o que eu esperava? Não dormi quase nada na casa da Júlia. Não recebi mais nada de Leo, só algumas mensagens de Lucas e da minha mãe. Não tenho forças para lê-las.

Tomo um banho demorado, tentando colocar os pensamentos em ordem. Leo falar a mesma coisa que o vídeo do Pensante tem que ter sido uma coincidência. Junto com ele ter me mandado o vídeo, ele ter me tratado estranho, o e-mail de LB ter sido usado por Pensante...

Há alguma chance de Pensante ser só um adolescente que mata aula para "fazer algo melhor com a vida"? Isso encaixaria com Leo vivendo sem tanta preocupação com o futuro: não é como se um *youtuber* do tamanho dele precisasse fazer faculdade e arrumar um emprego.

Vejo os vídeos de Pensante há tanto tempo, admiro-o pela consistência, pelo mistério, pelos pensamentos honestos. Pensante nunca segura verdades ou suaviza mentiras. Conhecê-lo foi sempre um sonho, e, se além disso ele for LB...

Não. LB está morto. Pensante é só uma coincidência, e eu nem sei se Leo tem mesmo a ver com ele. O que Leo quer, afinal? Por que os joguinhos? Se é assim que o Lucas se sentiu nos últimos dias, tenho pena dele. Uma mensagem de Leo já me deixou assim, então imagina ele, com as minhas mil atitudes bizarras.

Não sei se eu devo me arrumar muito, então coloco um jeans apertado e uma regata frouxa. Fico bem satisfeita com o *look*, até. Lembro de Má falando que minha mãe faz propaganda de creme de beleza... É, talvez ela tenha um ponto.

Pego um uber e logo estou tocando o interfone, chamando a cobertura. Ninguém atende. É um prédio grande, preto, uma torre escura e assustadora no meio do centro. Tento controlar a minha expectativa, mas é bem o tipo de lugar imponente que imagino Pensante morando.

E se eu estiver errada sobre Simone? E se ela não tinha nada a ver com LB, e Pensante for LB? Não, eu vi as notas do *2022*, Simone sabia o que ia acontecer. Mas de onde vieram os pensamentos bizarros do Pensante sobre viagem no tempo? Nada se encaixa. Quero muito acreditar que Leo é Pensante e Pensante é LB, que vou subir e ele vai tirar a máscara e vamos ficar juntos e toda a minha vida vai se resolver. Vamos discutir as coisas complexas que ele fala nos vídeos, vamos ter momentos românticos dramáticos na chuva, trocar juras de amor em campos solitários contemplando a estranheza da vida...

Tô pensando demais. Toda a situação com o Lucas aconteceu porque pensei demais. Preciso ser realista. Objetiva. Séria.

O interfone para de tocar. Franzo o cenho e olho para o portão de vidro, que permanece imóvel. Ele não está em casa...? Vejo meu reflexo no vidro, arrumando o cabelo, pensando se exagerei na maquiagem, ou fui sutil demais, se o perfume é bom... Se for LB mesmo, ele já me aceita, e isso me reconforta. Não, não é pra criar expectativas! Sem criar esperanças! Leo só disse que queria falar comigo.

O portão se abre. Sem resposta, sem explicação. Dramático, misterioso, justamente o que esperaria de... Respiro fundo, e entro, controlando a tremedeira.

O saguão do prédio é amplo, cheio de vidro, e vazio. Cheira a produto de limpeza, e a brisa fria do ar condicionado me dá arrepios. Sinto-me penetrando num aquário, num ambiente de retângulos e trapézios, algo criado a partir da geometria analítica, difícil de assimilar. Subo o elevador em silêncio, repetindo mentalmente que pode não ser nada de mais.

O corredor do último andar é branco, perfeito, irreal. Uma das portas está entreaberta. Engulo em seco e avanço, forçando o corpo a seguir, sem pensar no que pode significar. Quero segurar a esperança, mas ela ganha força a cada passo. Depois de tudo que aconteceu, algo podia dar certo, né? Preciso de algo bom. Lembro do vídeo de Pensante sobre controlar os instintos animais, mas só de pensar nele a ansiedade aumenta.

Passo pela porta e a minha respiração fica presa na garganta. A sala é ampla, cheia de móveis minimalistas, cadeiras pretas, sofás pretos, tudo num ambiente branco, de mármore. Há um aroma de rosas, e uma lareira apagada. Alguém está na frente dela, de costas para mim, mirando as cinzas. Antes que eu possa falar a figura se vira, e sinto como se eu fosse desmaiar.

Pensante.

De máscara é impossível saber se ele está olhando para mim, mas sei que está. Parece mais do que um ser humano: talvez um anjo, um alienígena... um viajante do tempo. Seria tão incrível se ele fosse LB. Imagino tudo que aconteceu como um quebra-cabeças, tentando encaixar as peças. Mas o que nesta situação se encaixa?

A figura mascarada ergue as mãos finas, mãos que reconheço de um cigarro oferecido e um convite para matar aula, e agarra a máscara. É uma imagem familiar: já vi muitas montagens parecidas, hipotetizando quem está além da máscara. Mas ninguém sabe. Fora eu.

— Você não tem ideia de quanto tempo esperei por este momento — diz Leo, a máscara de Pensante ainda nas mãos, caminhando em minha direção. Ainda não dei um passo. Parece impossível me mexer.

— Tenho sim. O seu primeiro vídeo foi há cinco anos.

— Não precisa se fazer — responde ele. Usa o terno que veste na maior parte dos vídeos, preto com gravata vermelha. — Eu esperei muito mais tempo pra te conhecer. Tenho tanto a discutir com você, tanto a discutir sobre viagem no tempo...

Forço as peças no quebra-cabeças para que se encaixem. Eu que não entendi alguma coisa. Tem que fazer sentido. Não quero raciocinar. LB é Pensante. E Pensante é Leo.

— Não pode ser — deixo escapar.

— Parabéns Malu, você é uma das cinco pessoas que sabem. Pro resto do mundo, eu sou só o Leo, agente do Pensante. Porque ele seria agenciado por um moleque, bom, esse é mais um dos mistérios do Pensante.

Ele estende a mão para mim, e num momento de romantismo desenfreado imagino que ele está me chamando para dançar, e logo o saguão será invadido por uma belíssima valsa. Quando agarro a mão dele, porém, ele só me conduz até as escadas de vidro.

— Achei que você ia gostar de ver um vídeo sendo gravado. De muitas formas, devo o Pensante a você. Eu podia te explicar um monte de coisa, ou dizer por que decidi te chamar aqui agora, mas os caminhos pelos quais o Pensante age são misteriosos.

Reviro os olhos, corando. O toque de Leo tira meu fôlego. Gosto do plano dele: assim não vou precisar falar. Tenho medo do que eu diria se abrisse a boca. Tem como estragar tudo? Minha mente é invadida por imagens compulsivas de desastre, de uma queda minha das escadas, vomitando, e parece que tenho que lutar contra meu cérebro para não fazer nada disso.

Há vislumbres de personalidade no segundo andar, quadros esquisitos nas paredes, estantes com uns poucos livros... Queria conhecer o quarto dele, mas Leo me conduz para um cômodo que percebo ser o estúdio. Há um tripé com uma câmera cara, uma tela verde imensa, e pedestais com luzes e microfones. Num dos cantos há um computador, onde tudo está acoplado, e no outro, atrás da câmera, um sofá.

— Parece estúpido ter um sofá aqui, né? — diz ele, meio rindo, parecendo até envergonhado. — Ninguém nunca me viu gravar. Centenas de vídeos, todos na solidão... Mas quando montei este estúdio quis ter um sofá, porque... Porque sempre me imaginei te trazendo aqui.

Leo sorri, ainda segurando a minha mão. Os olhos dele estão cheios de vida, não da melancolia que esperava do Pensante. Cheios da realização de estar finalmente dizendo quem é. Gostaria de estar com uma expressão parecida, mas imagino que a minha cara é só de choque.

Não imaginei que conhecer LB seria assim. Imaginei que ele teria tanto a falar, tanto a explicar... Mas como se começa uma conversa daquelas? Eu não saberia. Será que LB sabia que eu ia adorar o Pensante? Ou no outro passado ele já era o Pensante? As perguntas estão na ponta da língua. Quero falar, mas as palavras não saem. No máximo consigo me beliscar, e estou tão entorpecida que mal sinto dor.

Leo solta minha mão e vai até a frente das câmeras, colocando a máscara mais uma vez. Sacode a cabeça, solta os braços, liga as luzes e a câmera, e limpa a garganta.

Sento-me no sofá, processando o que está acontecendo. Meus braços tremem, meu interior borbulha. Todos os meus anos de paixão platônica pelo Pensante combinam-se com a minha queda por Leo e tornam-se um sentimento avassalador, incontrolável, que faz meu coração explodir no peito, batendo tão forte que sinto meu pescoço pulsar. Todo o resto some. Sobra só ele ali, preparando-se...

— Posso fazer uma coisa antes de você começar? — digo, invocando toda a coragem que já tive na vida.

— O quê? — diz ele, já de máscara.

Levanto-me devagar, trêmula, e vou até ele. Com um movimento delicado, levanto uma porção da máscara e o beijo.

capítulo vinte e seis

Assistir Leo gravar é uma experiência muito familiar, ao mesmo tempo que infinitamente diferente. Vendo-o ali, a poucos metros de mim, desejo que as câmeras e microfones fossem avançados o suficiente para captar todas as nuances da presença dele. A voz de Pensante tem peso. Os movimentos são espontâneos, orgânicos, carregados de emoção. Não está só discutindo um assunto: está *atuando* o assunto. E consegue fazer isso sem vermos seu rosto. Minha mãe ia gostar de conversar com ele.

O sentimento de familiaridade volta com tudo. Desde a primeira vez que conversei com Leo senti algo familiar nele, e agora entendo que é o jeito que ele fala. A voz de Pensante é um pouco diferente — ele deve usar um filtro para que seja ainda mais difícil reconhecê-lo — mas a entonação, o sotaque, a dicção, eu conheço bem.

Quero prestar atenção nas palavras, mas é difícil. Meu coração pula no peito, tanto que dói. O beijo foi real. Não foi esquisito, como foi com Lucas... Foi verdadeiro. Com Lucas, senti que nem eu gostava dele, e nem ele de mim. Com Leo foi diferente. Lembro do que Má perguntou, se já tinha beijado alguém que eu gostava de verdade.

O que acontece agora? Se Leo é LB, ele espera que comecemos a namorar tipo imediatamente? Eu só vi Leo meia dúzia de vezes, mas sinto que conheço o Pensante. Sei como ele se sente a respeito de um milhão de assuntos, sinto a tristeza dele, a solidão da máscara, de ser um Pensante no meio de tanta gente que não se esforça um segundo pra analisar as notícias que recebe no WhatsApp.

Eu não queria encontrar LB para ficar com ele; queria respostas. Observando Leo falar, é difícil invocar a raiva que senti. Pensante é honesto, sincero, bom. Até mesmo o que aconteceu com o meu pai deve ter uma explicação.

A gravação termina e Leo fica em silêncio, respirando com força, como se tivesse acabado de correr uma maratona. As últimas palavras são proclamadas com veemência, com punhos erguidos, uma ode à individualidade e à mudança, um apelo às pessoas conformadas que não tomam riscos em suas vidas confortáveis, que não se esforçam pelo que é correto. Ele não parou para ler um roteiro: falou de cabeça, como se tivesse decorado tudo, ou só improvisado. Mesmo eu, fã ávida, não acreditava que ele conseguia fazer um vídeo na primeira tomada.

— Esse vai deixar as pessoas doidas — diz ele, depois de desligar a câmera e tirar a máscara. — Um vídeo normal depois daquele de mais cedo. Eu esperava que tivesse mais tempo pra me revelar, mas você me fez acelerar as coisas.

Ele se senta no sofá, sorrindo para mim.

— Fala, é o que você esperava?

— Não — digo, travessa. — Não esperava que o Pensante fosse tão bonito por baixo da máscara. — Leo desvia os olhos, tentando sem sucesso suprimir um sorriso encabulado. — E também não esperava que ele fosse tão... Sei lá, um adolescente. Esperava que ele fosse um pouco mais... intenso o tempo todo.

— Mas eu sou — diz ele, voltando a uma expressão pétrea. — O problema é que isso cansa. Cansa a mim, cansa aos outros... É como falei no meu vídeo sobre a verdade. Vale a pena sacrificar a felicidade pela verdade?

— Nesse vídeo você conclui que sim.

— É, mas eu digo que há verdades e verdades. É preciso sacrificar a felicidade para encarar as verdades duras, mas dá pra ser mais leve nas coisas menores — diz ele, espreguiçando-se. — Você quer beber alguma coisa?

Ele abre o *cooler* do lado do sofá e me passa uma lata de energético. Bebo um gole, percebendo que não comi nada o dia todo. Estou tão ansiosa que parece impossível colocar comida para dentro.

— Eu não sei direito como, hã, fazer isso — diz ele, ao mesmo tempo vago e direto ao ponto. — Tem uma festa do pessoal da internet daqui a pouco. Quer ir comigo?

— Você vai como Pensante? — digo, arregalando os olhos.

— O Pensante nunca aparece em público. Mas o Leo conheceu um pessoal, agindo como agente dele, e fez uns amigos. Sério, você não acredita quanta gente já pediu pra fazer uma colaboração com o Pensante.

— Eles não suspeitam que é você?

— Alguns com certeza, mas a maioria me acha muito trouxa pra ser o Pensante. Melhor assim, na real. Ser subestimado dá vantagens.

— Ah...

— Você não me disse se quer ir — diz ele, inclinando-se na minha direção.

— É, realmente, você é muito trouxa pra ser o Pensante — digo, deliciando-me com a expressão confusa dele. — Óbvio que quero.

O rosto de Leo se ilumina com um sorriso, que acaba sendo breve.

— Tá meio em cima da hora. Preciso tomar um banho, você me espera? Já te mostro o resto da casa.

— Eu posso ir pra casa me arrumar...

— Não sei se tem algo que você possa fazer que vá te deixar mais linda — diz ele, tão factualmente que não sei se devo me sentir elogiada.

Leo me mostra o resto do apartamento, que é tão aberto, moderno e minimalista quanto o pouco que vi. Há a sala com lareira, uma cozinha enorme, sala de televisão que mais parece um cinema, tudo com poucos móveis, as coisas escondidas, parecendo estéril, sem personalidade. Acho que é o jeito dele. Se fosse eu, encheria as paredes de parafernália, de pôsteres e quadros e estantes cheias de bugigangas legais... No e-mail LB disse que estávamos planejando morar juntos; será que brigamos, cada um querendo fazer a casa de um jeito?

Leo me deixa na sala, e jogo-me no sofá. Meu corpo todo relaxa, todos os problemas dos últimos dias derretendo. Leo é LB. E LB é ainda melhor do que eu podia imaginar.

Demoro para pegar o celular e lembrar do resto da minha vida. Troco algumas mensagens com a minha mãe, explicando onde estou e ignorando o que ela quer me falar sobre o Jorge, digo a Lucas que é melhor conversarmos amanhã, rio do vídeo que Júlia me mandou dos gatos brincando, e, por último, encaro a mensagem de Ester com o cenho franzido.

"Desculpa. Eu vou consertar isso."

E só. Dou de ombros. Verdade seja dita, não tenho ideia do que "eu sei" sobre ela. Se ela vai me contar, não adianta ficar tentando adivinhar antes da hora. Não pode ser grande coisa.

Fora da tela, volto ao presente. É um choque muito grande: estou mesmo ali, ouvindo o chiar leve do chuveiro de Leo, esperando para ir a alguma grande festa. É muito irreal. Eu não sei se mereço. Principalmente depois do que fiz ontem no churrasco.

Sinto falta de Má. Será que ela sabe que eu a vi com o Lucas, e por isso não falou comigo? Será que ela não quer me contar, ou não sabe como? Digito uma mensagem rápida:

"Oi."

Sem resposta. Coloco o celular na bolsa, esperando uma vibração que nunca vem. Pego de novo, e vejo que ela visualizou a mensagem e não respondeu. Mando mais uma:

"Oi :("

Sem resposta. É isso, então? Ela não quer falar comigo? Não sei se entendo. Nem se é justificável eu estar chateada pelo que aconteceu; não é grande coisa, de verdade. Eu deveria ser mais compreensiva. O sentimento de ter sido traída não tem muita lógica, mas ainda não consigo afastá-lo. Me lembra da festa de quinze anos da Ester, de quando vi ela com o... Qual era o nome dele mesmo? Nem lembro. Sinto como me senti naquela situação. Por quê? Eu nem lembro do nome do menino que ela beijou, não é como se fosse um outro Lucas. Melhor esquecer. Não penso naquela festa desde que aconteceu, e o fantasma dela só veio me incomodar faz pouco tempo.

De novo Má visualiza a mensagem e não me responde. Canso de não falar o que penso. Com Ester meio que funcionou, né? Quem sabe agora, que eu sei de verdade, vai funcionar melhor.

"Eu sei."

Desta vez, logo depois de visualizar, Má começa a digitar. Não sei o que espero; quem sabe um textão, uma explicação em partes... A resposta dela, porém, vem seca:

"Não sabe não."

Não? Claro que sei. Ela e Lucas no churrasco. Ou tem alguma outra coisa? Antes que eu possa digitar, ela manda mais uma:

"Esse é o problema."

capítulo vinte e sete

A mensagem de Má me deixa com um gosto ruim na boca. As próximas horas, porém, são tão bizarras que logo esqueço dela. Leo reaparece na sala com um terno ainda mais bonito, o cabelo bem arrumado, cheirando a um desses perfumes cheirosos que nem sei descrever. Desta vez não precisei tomar a iniciativa: ele me puxa do sofá, apertando-me contra ele, tomando-me com a intensidade que sempre sonhei em Pensante. Sinto-me derretendo quando nossos lábios se afastam e ele olha para mim. O momento não dura: ele logo me conduz até a garagem.

Leo dirige um carro preto novinho, que, segundo ele, foi o presente que comprou para o próprio aniversário de dezoito, logo depois de tirar a carteira de motorista. Enquanto dirige ele conta mil peculiaridades da carreira de *youtuber* dele: as vezes que quase foi descoberto, as histórias por trás dos vídeos, como é o processo de pesquisa dele... A fã dentro de mim está explodindo, e a garota apaixonada está derretendo por estar com alguém tão incrível. É isso mesmo, estou apaixonada? Penso em quando o conheci, em quando eu *stalkeei* o Facebook dele e queria ver mais fotos... Lembro do que a Má falou, e vejo que não faz muito sentido. Por que eu não desejaria gostar de Leo?

Chegamos à festa meia hora depois de começar. É numa casa grande, com tanta gente famosa que me sinto pequena, uma formiguinha açucarista dentre os gigantes da internet. Reconheço dúzias de personalidades, que cumprimentam Leo casualmente, como se fossem amigos de longa data, não alguma espécie de nobreza. Há um palco num canto, luzes multicoloridas, pista de dança, e um bar.

— Aqui ninguém vai pedir a sua identidade — sussurra ele no meu ouvido, meneando em direção ao bar. — Vai lá, acredito que eu não preciso te ensinar a beber.

As primeiras horas da festa me deixam tonta. Sou apresentada a tanta gente famosa, aperto as mãos e abraço pessoas que sempre imaginei num pedestal, intocáveis. E elas falam comigo, e me tratam pelo nome, e riem quando faço alguma piadinha...

— Espera — diz a maior *vlogueira* do país, tirando os olhos de Leo e olhando para mim. — Você não é a filha da Sônia Dias? Meu Deus eu li que ontem quase caiu um lustre na sua cabeça!

— Você é filha da Sônia Dias? — diz Leo, num tom que não me convence. — *Um lustre quase caiu na sua cabeça?*

— Acho que não sou só eu que tenho segredos... — respondo, procurando um lugar para me enterrar.

Logo a banda começa a tocar alto, embora não o suficiente para impedir a conversa. Pulamos de roda em roda, meus olhos se arregalando a cada nova pessoa que reconheço, mas quando alguém me reconhece o papel é invertido, e parece que eu que viro a celebridade.

— A sua mãe é a minha inspiração! — diz uma atriz de um canal de curtas-metragens. — Eu via todas as peças dela quando era pequena! Ela que me fez querer virar atriz!

— É a maior atriz brasileira contemporânea — afirma o fundador de um portal de críticas. — Sem dúvida. Ser filha dela deve ser engraçado...

— E você, Malu, já pensou em atuar? — pergunta um ator de um canal de comédia. — Se a sua mãe te ensinar os truques dela, aposto que você consegue ser grande.

Mal sei o que responder. Gaguejo, sorrio, e fico pensando que estou em alguma espécie de sonho bizarro. Esta é a noite mais esquisita de toda a minha vida. A qualquer momento vou acordar, e tudo, desde o e-mail de LB, vai ter sido um sonho. Não parece real.

Talvez a bebida esteja contribuindo para esse sentimento. Sinto a cabeça leve, relaxada, os pensamentos surgindo sem controle, e vejo-me confessando coisas embaraçosas para gente famosa, que ri comigo como se fôssemos amigos. Leo parece satisfeito em ficar no plano de fundo, e ser só meu acompanhante, não quem merecia estar ali. É por isso que as pessoas gostam de beber? É tudo tão ótimo. Vodca com energético até que desce bem... Depois do segundo copo nem sinto mais o gosto ruim.

Não bebe vodca, Malu. Nunca. Sério. Ester parecia bem certa quando me sugeriu isso... Mas a Ester é uma péssima amiga que desliga na minha cara e não fala a verdade pra mim, então ao inferno com os conselhos dela, aquela vaca.

Uma Pessoa Séria bebe? Pensei que ficar bêbada seria mais difícil. Meu pai sempre foi muito rigoroso com bebida: dizia que eu só ia provar quando fizesse dezoito... E falava isso enquanto bebia o uísque dele todas as tardes. Era só pra me proteger. Mas não preciso de proteção: está tudo tão ótimo, sinto-me tão bem, feliz, leve, solta... Só tem um efeito colateral:

— Bebida dá alucinação? — sussurro no ouvido de Leo, enquanto estamos dançando na pista.

— Quê? — responde ele, puxando-me para mais perto. — Bom, dizem que absinto dá alucinação, mas eu nunca acreditei nisso. Existe um efeito chamado *delirium tremens*, que acontece com alcoólatras que ficam tanto tempo sem sono REM que acabam meio que dormindo, mas sem apagar, aí eles sonham acordados e alucinam...

— Hã — respondo, tomando um segundo para processar a informação. — Que resposta específica.

— Andei pesquisando sobre — responde ele, chegando mais perto, sussurrando as próximas palavras no meu ouvido: — Vantagens de sair com o Pensante.

Rio com a resposta, mas meu riso logo morre. Porque ele não respondeu: continuo tendo a alucinação. Tem que ser uma alucinação, certo? Não tem lógica a Má estar na festa, o cabelo verde cintilando na luz arroxeada, olhando-me do canto do salão com os olhos indecifráveis.

— Vou ao banheiro — sussurra Leo, dando-me um beijo rápido e saindo do meu lado. Mal olho para ele: continuo olhando a Má, que me encara, sozinha no canto do salão. Ela usa um batom preto, um piercing prateado no lábio inferior (como ela não suja com batom?), lápis de olho sutil, e um vestido azul simples, bonito. Vou até ela.

— Você é de verdade? — digo, piscando algumas vezes.

— Infelizmente — responde ela, tomando um gole de seu copo. — Às vezes eu não queria ser.

— Ah.

Quero beber, mas meu copo está vazio. Viro-me para o bar, mas Má segura minha mão.

— Você já bebeu bastante, Lu.

— Não bebi não. O Leo falou que eu saberia beber!

— Confia em mim. Lembra desse momento amanhã, e pensa se eu não tava certa.

— Bom... Ok. Oi, Má.

— Oi, Lu — diz ela, soltando um sorriso triste.
— O que você tá fazendo aqui? Ainda acho que você é uma alucinação.
— Eu conheço um pessoal. Não esperava encontrar você e o Leo aqui.
— Nem eu! — digo, cintilante. — Não é ótimo? É ele, Má! Ele é o Pen... hã... ele é LB!
— Que legal. Tudo aconteceu como tinha que acontecer.

Má sorri, e, mesmo com a cabeça enevoada, é óbvio. Ela está mentindo.
— O que foi?

Má não responde. Bebe mais um gole, desviando os olhos, como se eu não estivesse ali.

Esmago o copo em minha mão. Por que ela não fala sério comigo? Parece que voltamos ao primeiro dia, quando sentei ao lado dela no computador e ela me tratou que nem lixo. Por que todo mundo está escondendo coisas de mim? Lucas, Ester, e agora ela? Eu não vou mais ser tratada assim! Sinto a raiva subindo pelo corpo, inflamando minha face. Quando vou confrontá-la, Má me olha fundo nos olhos.
— Lu, faz uma coisa pra mim, sem perguntas?

Eu devo um faz-qualquer-coisa a ela, por ela ter afastado o Lucas no primeiro dia de aula. Assinto, sem saber o que esperar. Será que ela quer que eu vá embora? Conte algo para ela? Não importa. Promessa é dívida.
— Faço — respondo. — Qualquer coisa.
— Me beija.

As palavras penetram no meu cérebro e afundam na alma. Ouvi certo?

Os olhos de Má estão úmidos. Vejo algo difícil no olhar dela. Algo duro. Sinto que ela está prestes a desmoronar, explodir em lágrimas e sair correndo dali, mas ela não faz isso. Chega mais perto. Sinto o hálito frio dela no rosto, nossos narizes quase se encostando, os olhos semicerrados dela tão próximos que vejo os detalhes de sua íris escura na luz arroxeada... Sem perguntas.

Fecho os olhos e uno meus lábios aos dela.

capítulo vinte e oito

— Perdi alguma coisa?
Leo me encontra no canto da festa, zonza. Não sei o que acabou de acontecer. Estou com a impressão de Má na boca, o frio do piercing marcado nos lábios. Ainda sinto a proximidade dela, a intensidade, e o último olhar que ela lançou antes de ir embora, em silêncio.
Não falo nada a Leo: jogo-me nos braços dele e o beijo, tentando replicar o que senti com a Má. Não é a mesma coisa. Não sei qual dos dois é melhor: os dois são incríveis, só são tão… diferentes.
Quando nos afastamos, ele sorri para mim. Retribuo, pouco sincera, usando os ensinamentos da minha mãe para não deixar a confusão transparecer.
— Diferente — diz ele, estalando os lábios. — Tá tomando o que agora?
Olho para meu copo e nem sei responder. Peguei mais um copo depois que Má foi embora, bebi, e tenho ainda outro comigo.
Agora que estou de volta com ele está tudo bem. Ele é o Pensante! É o meu futuro namorado! Vai ficar tudo ótimo! Engulo as emoções conflitantes de Má, reafirmando o que eu acho que — sei que — deveria estar sentido.
— Escuta, isso é ótimo — digo. — Você é ótimo.
— Digo o mesmo. Eu não sabia o que esperar quando eu finalmente te conhecesse, mas mesmo naquele primeiro dia, no pátio, eu sabia que você ia superar as minhas expectativas. Malu… — Leo chega perto, saboreando as próximas palavras. — Ou será que eu deveria te chamar de LB?
O mundo gira.

Afasto-me de Leo com ímpeto, segurando-o pelos braços, vendo sua expressão mansa tornando-se surpresa exagerada.

— Do que você me chamou?

— De LB — diz ele. — Não é esse o nome que você...

— Ai, meu Deus — digo, sentindo o corpo todo tremer, a barriga doer, a cabeça preencher-se de pensamentos incoerentes. — Você que era pra ser LB!

— Hein?

— Faz todo sentido! Faz...

Tudo — o álcool, a frustração, o beijo de Má, a confusão de Leo, de Lucas, da minha mãe — se combina em meu estômago. Sinto a garganta se preencher de algo quente, e a última coisa que me lembro é o gosto acre de vômito.

capítulo vinte e nove

Acordo sem saber onde estou ou que horas são. Sem saber que dia é, para falar a verdade. Parece que dormi por duas semanas, num chão duro que me deixou toda doída. Minha cabeça lateja, meu estômago revira, minha boca está seca e com um gosto horrível. Busco memórias das últimas horas, e só encontro privadas, dores e tentativas frustradas de tomar água.

Abro os olhos com dificuldade, doloridos com a luz que penetra pela cortina do meu quarto. Ainda uso as roupas de quando me encontrei com Leo, sujas, e sinto a maquiagem borrada no rosto. Tenho uma noção de que lavei o rosto várias vezes, e só agora penso em usar o removedor. Encontro a minha bolsa no chão, o conteúdo dela espalhado por todos os lados. Tiro o celular de baixo do pufe e ele, obviamente, está sem bateria. Incrível.

Sei que preciso de um banho, mas não sei se tenho forças. Mal consigo me mexer. A vontade é voltar pra cama e ficar lá em posição fetal até o mundo acabar. É o que faço, querendo a misericórdia de um soninho, que nunca vem. Encaro o teto, tentando separar o real do imaginário. Há uma série de imagens vergonhosas de vômito, no chão, na rua, no carro... E Leo desesperado, tentando me ajudar, tentando entender o que está acontecendo. Não adianta: estou acordada – e desconfortável – demais para dormir.

Levantar e ir tomar banho é um esforço inominável, que não posso me orgulhar de ter feito direito. Tiro a roupa e fico de pé no box, a testa encostada no vidro enquanto a água quente cai no meu corpo. Quase vomito mais algumas vezes, e a minha sorte e azar é que não tenho nada para vomitar.

Lembra desse momento amanhã, e pensa se eu não tava certa. As palavras vêm num flash, junto com imagens desconexas. Não sei mais o que é verdade. Leo não é LB, afinal? Ele achava que *eu* era LB? Qual o sentido nisso? Só pode ter sido uma alucinação. Os dois últimas dias devem ter sido uma alucinação. Não conheci o Pensante, não fui na festa, não beijei Má... É, muito mais provável que eu tenha alucinado.

Depois do banho mais inútil da história dos banhos, encontro a minha mãe sentada na minha cama. Ela respira fundo, com uma expressão calma, que enganaria qualquer outra pessoa no mundo. Está com raiva. Está morrendo de raiva. Espero que não seja de mim.

— Oi, mãe — digo, rouca.

— Eu te trouxe o almoço. Canja de galinha, suco de laranja e remédio pra ressaca.

Noto uma bandeja em cima da mesa, com a comida. Olhar para ela me faz ao mesmo tempo salivar e sentir ânsia de vômito.

— Mãe, eu...

— Não é hora da bronca — diz ela, levantando-se. — Não se preocupe, ela vem, mas vem depois. Mas me diz, aconteceu alguma coisa? Alguém fez algo com você? Aquele menino que te trouxe pra casa...

— O Leo? Não mãe, ele é tranquilo. Fui eu que fiz besteira. É tudo culpa minha.

— Tem certeza? — diz ela, severa. — Me conta o que aconteceu ontem, sem perguntas.

— Eu saí com um menino que conheci da minha turma, ele me levou numa festa, eu bebi bastante vodca. A gente se beijou umas vezes. Ele não me forçou a fazer nada, eu que bebi. Depois disso só lembro de vomitar.

Minha mãe me olha por um instante, e assente.

— Hoje, descansa. Depois a gente conversa. E vai ser uma boa conversa.

A canja não tem gosto, nem o suco, mas o remédio é amargo e horrível. É bem o gosto que mereço. Enquanto como, o celular vibra na mesa, finalmente acordado. Leo acaba de mandar uma mensagem.

"Tá viva?"

Há uma série de mensagens antes, explicando como ele me deixou em casa, falou com a minha mãe, foi xingado por "abusar da minha filha adolescente", achou que ela ia mata-lo... Ai, meu Deus, que vergonha...

"Não sei", respondo. "O que aconteceu ontem?"

"Você deu o que chamamos, na indústria, de PT. Perda Total. Você vomitou muita coisa, em muitos lugares."

Então é real. É tudo real. Mas Leo não respondeu bem o que eu queria saber.

"Tá, mas... O que aconteceu ontem?"

A resposta demora a chegar. Leo começa e apaga meia dúzia de mensagens antes de finalmente enviar uma:

"Não sei."

Deixo o celular cair na mesa, sem energia. Solto grunhidos frustrados. O que eu esperava, de verdade? Era muito bom para ser verdade. Leo não tem nada a ver com LB: LB era Simone, e Simone morreu. Eu que quis que tudo se encaixasse, forcei as peças, que agora saltam do quebra-cabeças e se espalham pela mesa, mais embaralhadas do que antes.

"Como você sabe sobre LB?", digito.

"Eu ia te perguntar a mesma coisa. Eu preciso pensar. Nos falamos."

E depois Leo some da internet. Mando mais algumas mensagens, enquanto forço a canja no estômago, e ele nem visualiza. Pelo menos não vomito o almoço. E o meu laptop tem bateria! Espero que a droga das formigas que me colocaram nessa situação pelo menos me distraiam um pouco.

Não reconheço uma pasta na área de trabalho. "Lucas". Demoro para lembrar do esquema com a Má. Funcionou, então? Má realmente copiou os dados dele?

Abro a pasta e encontro mil coisas. E-mails, conversas, fotos... E ainda pensei que estava eu certa invadindo o computador dele. Errei tudo. Se tivesse um campeonato pra mais coisas erradas, eu seria bicampeã num ano só. Iam mudar as regras só pra mim.

Bom, já que eu já fiz tudo errado, posso pelo menos ver se ele não recebeu nenhum e-mail estranho. Ele tava mentindo pra mim, afinal. Só uma olhadela, depois eu apago tudo.

Lucas já tem aquele e-mail há anos; ele foi mais Pessoa Séria que eu e nunca teve um e-mail idiota de criança. Vejo coisas da escola, newsletters, coisa de jogos... E uma mensagem só com uma palavra no título, enviada na segunda-feira. *Lucas*. Um calafrio percorre a minha espinha.

Lucas,

Você não tem ideia de quem eu sou, mas eu te conheço. Sei tudo sobre você, e sei quem você se arriscaria para proteger. Só você pode impedir uma tragédia.

Na sexta, ali pelo meio-dia e pouco, você vai até o shopping. A Malu vai estar pela praça de alimentação. Fica de olho nela, e nos lustres da praça. Algo ruim pode acontecer. Algumas coisas simplesmente acontecem.

Nem preciso ler a assinatura. O endereço de e-mail já diz tudo: *lb@gmail.com*.

Sinto meus olhos se enchendo de lágrimas enquanto desbloqueio o celular, ligando para um número conhecido. Mal toca uma vez.

— Oi, Lucas — digo, já soluçando. — Você pode vir aqui?

capítulo trinta

Só consigo parar de chorar muito tempo depois de Lucas entrar no meu quarto. Deixo a camiseta dele encharcada de lágrimas, e respiro fundo dúzias de vezes até conseguir me recompor. Caio na cadeira e ele senta na cama, apreensivo. Quando finalmente consigo parar de fungar, olho para ele e rio.

— Eu devo estar péssima.
— Ah, não, você já esteve pior.
— Não estive não.
— É, não esteve mesmo.

Rimos juntos, aliviando a tensão, mas logo fico séria, respirando com força, tomando coragem para contar a verdade de uma vez por todas.

— Lucas, nem sei como te pedir desculpa. Desculpa por muita coisa. Eu fui super idiota com você no começo das aulas, mas é que na terça, logo que voltei pra casa, recebi uma mensagem de um viajante do tempo dizendo que é o meu namorado do futuro e aí eu pirei.

Lucas me encara com a mesma cara que fez numa vez que vimos um filme artístico abstrato. Um olhar que diz, ao mesmo tempo, "hmmm que interessante" e "eu não tenho a mais vaga ideia do que isso significa".

— Eu não podia te contar porque achei que pudesse ser você — continuo. — LB. Essas são as iniciais. Eu achei que o viajante do tempo não quisesse me conhecer pra não mudar o futuro, entende?

— Isso... — Lucas engole em seco. — Isso é muito doido. Mas faz sentido...

— Não faz? Porque o e-mail que você recebeu virou realidade. Você sabia que o lustre ia cair em mim.

— Foi *muito* bizarro. — Lucas arregala os olhos. — Eu fiquei um tempão te olhando lá no shopping, que nem um lunático, me sentindo um otário por acreditar em um e-mail bizarro qualquer, até ver o lustre balançando... — Lucas franze o cenho. — Espera, como você sabe do e-mail?

— Ai, Lucas... Uma das milhares de coisas que eu preciso me desculpar é que eu e a Má conspiramos pra roubar dados do seu computador. — Lucas inclina a cabeça para mim, numa expressão sombria. — Eu só olhei esse e-mail, eu juro! Já apaguei tudo! Eu tava pirando, e eu sabia que você tava mentindo quando disse que o "e-mail estranho" era da escola...

— Não sei por qual motivo menti pra você. Achei que você ia rir de mim por levar ele a sério. Óbvio que era alguma zoeira. Mas aí aconteceu, e... — Lucas suspira, tirando um peso dos ombros. — Era isso que eu queria te contar ontem. Queria que fosse ao vivo.

— Dá uma olhada no e-mail que recebi. É o mínimo que você merece.

Enquanto Lucas lê o e-mail de LB, os olhos se arregalando com as verdades secretas que esqueci que estavam ali, preparo-me para a parte mais difícil. Lembro da coragem de Leo, como Pensante, falando no vídeo. Queria eu ter uma máscara.

— Então — começo, hesitante —, desculpa ter te confundido, Lucas. Por, talvez, te fazer pensar que eu sentia algo que agora sei que não sinto. E... eu sei o que você falou lá no restaurante, mas não. Você é o meu melhor amigo, mas é só isso.

Lucas me encara com um olhar tão intenso que parece até Leo. É uma das raras vezes que não tenho ideia do que ele está sentindo. Será que essa é a cara que ele faz antes de chorar? Será que ele passou todos esses anos nutrindo uma paixão secreta que acabei de estilhaçar?

Depois de uma eternidade, Lucas recua na cadeira.

— Ufa — diz ele. — É bem como eu me sinto. Eu não sabia o que fazer, e não queria te perder como amiga, então pirei um pouco também.

— Sério?

— Não. — Os olhos dele colam em mim. — Eu te amei desde o momento que te vi, e você acaba de despedaçar meu coração.

Encaro Lucas, aterrorizada, meu coração martelando no peito. Ele fica sério pelo que parecem minutos inteiros, então começa a gargalhar, tão alto que cai da cadeira, rolando no chão.

— Seu escroto! — digo, tremendo. — Eu quase acreditei!

— Quase nada, você acreditou total! — diz ele, esquivando da almofada que jogo nele. — Qual é Malu, depois de tudo que você me fez eu mereço pelo menos essa piadinha. Não acredito que você até me beijou! Desculpa, mas foi, hã, bem...

— Foi mesmo — concordo, e franzo o cenho. — Mas é culpa sua! Você que foi de terno pro nosso encontro, até me deu uma rosa! O que eu deveria pensar?

— Eu sei lá. Sei lá o que *eu* tava pensando. Acho que tava com medo de não levar a sério, e te magoar. Foi bem idiota.

— Um pouquinho — digo, aliviada. — Espera, você não tá bravo? Você me perdoa?

— Claro que eu te perdoo. Eu entendo o que aconteceu com você. Acho que no seu lugar eu teria feito a mesma coisa.

— Ah, é? Pirado, te evitado por dias, te chamado pra um encontro bizarro, e te beijado pra te distrair enquanto uma menina hacker de cabelo colorido rouba dados do seu computador?

— Exatamente — responde ele, resoluto. — Eu só acho que teria hackeado o celular, que aí pega WhatsApp também.

Lucas abre os braços e pulo nele, apertando-o tanto que meu corpo, de ressaca, fica sem força para mais nada. Caímos na cama e ficamos assim um tempo. Não sinto aquela tensão esquisita que senti logo antes de beijá-lo.

— Tudo bem, então? — pergunto, levantando da cama e voltando para a cadeira.

— Tudo ótimo. Nada que você não consiga compensar. Tipo, nossa, na festa da turma...

— Espera — interrompo. — Se você queria me falar do e-mail... Ontem eu achei que o que você queria me contar era que você tinha ficado com a Má.

— Com a... — Lucas recua. — Não aconteceu nada entre a gente.

— Não? Eu vi vocês no cantinho lá na festa, aí pensei que...

— A gente ficou só conversando — diz Lucas, coçando a nuca.

Estreito os olhos, e Lucas me olha com um olhar ofendido.

— Você duvida de mim agora? Depois de tudo isso você não tem direito de achar que eu tô mentindo!

— Verdade. Mas parecia muito. Vocês dois sozinhos e tal...

— Foi uma conversa esquisita, sabe. Ela me abordou quando fui pegar cerveja, e, se for pra ser sincero, achei que ela queria alguma coisa comigo... Fiquei me lembrando de você dizendo que eu sou tapado...

— Sabe que eu achei que isso era um ponto a favor de você ser LB? — digo, meio rindo. — Quantas vezes eu tive que te dizer que alguma menina queria algo com você? Cheguei a pensar que você não podia ser tão tapado, que era tudo uma jogada.

— Que ótimo, eu sou tão tapado que tem que ter uma explicação sobrenatural pra isso — diz ele, cabisbaixo.

— Eu tava pirando com isso, Lucas. Se alguém aqui é burro, sou eu, por ficar pensando demais. Mas e aí, o que aconteceu com você e a Má?

— Ela me chamou pro canto, e eu já fiquei imaginando se ela queria me agarrar ou coisa assim, mas assim que ficamos só nós dois a gente só conversou. Ela parecia meio triste. Meio em dúvida sobre alguma coisa, que eu não entendi bem o que era.

— Como assim? Do que vocês ficaram falando? Ou foi só uma dessas conversas vagas de gente fechada?

— Teve a parte vaga, sim, mas a maior parte do tempo a gente ficou conversando sobre você.

Pisco algumas vezes, assimilando as palavras.

— Sobre... mim?

— É — diz Lucas, sério. — Eu tava muito querendo entender o que tava acontecendo, se você gostava de mim ou não... e quando a gente começou a falar de você eu achei que ela tava tentando te ajudar, ou me ajudar, enfim, ser a amiga intermediária que resolve as coisas...

— Hã, sei — digo, quando não tenho a menor ideia. Falar sobre mim? O que a Má tem na cabeça? A imagem dela na festa volta com tudo. O frio do piercing no lábio, os dedos no meu cabelo, o perfume suave... Ela não me levou a sério quando sugeri que dava pra tirar alguma conclusão beijando a pessoa, mas... Não, ela tá certa, não tem como saber. E a minha cabeça estava uma loucura...

— Aí você sumiu — continua Lucas —, logo quando decidimos te procurar. Ficamos esperando até todo mundo ir embora, apesar da Má achar que você ia dormir na Júlia.

— Ai, desculpa Lucas, você ainda ficou preocupado comigo, estraguei o seu final de festa...

— Não foi ruim não. — Lucas dá de ombros. — Foi bom conversar com a outra Malu. Eu tava com muita coisa na cabeça, não sabia se devia ir conversar com você, fiquei tentando me enturmar pra esquecer, mas não deu muito certo... Foi por causa dela, inclusive, que eu achei que deveria te contar sobre o e-mail do lustre. Eu reclamei que você não tava falando a verdade pra mim, e aí ela falou que, se eu queria a sua sinceridade, eu deveria ser sincero também. E, bom, eu sabia que não te convenci quando falei que era um e-mail da escola, né.

— Nem um pouco — respondo, sorrindo sem entusiasmo. — Então a Má que te convenceu a fazer isso. Acho que ela só queria que a gente voltasse a ser amigo.

Lucas expira, tirando o peso dos ombros, e dou uma olhada rápida no celular. Má não entra na internet desde a madrugada. Envio um "você tava certa sobre a bebida", mas ela não visualiza.

— Que saco... — digo, jogando a cabeça para trás, olhando o teto.
— Eu tô muito confusa, Lucas. Eu fiquei a semana toda tentando achar o autor do e-mail, o viajante do tempo, e agora tô perdida. Não é Pensante, não é Leo, Simone morreu, não é você...

— Pera, quê? Quem morreu?

— Simone Dôup, autora daquele livro do vestibular.

— Nossa — diz Lucas, arregalando os olhos. — Faz muito sentido ela ser uma viajante do tempo. E aí ela seria sua namorada? Hm, é, pode ser...

— *Pode ser?* — digo, sentindo uma ponta de irritação. Lucas dá de ombros, murmurando desculpas, e bufo. — Mas bom, era um pseudônimo. Simone Dôup é um anagrama pra pseudônimo. Mas quem quer que tenha escrito o *2022*, morreu. Eu vi a lápide e tudo.

— E na lápide tava escrito o nome real de LB?

— Quê? Não. Tava escrito Simone Dôup.

Lucas franze o cenho.

— Tava escrito o pseudônimo na lápide? Tipo, teve um enterro pra uma pessoa usando o nome falso dela?

— Mas teve uma cerimônia. Eu vi fotos na internet.

— Isso não garante muita coisa — diz Lucas, coçando o queixo. — Será que esse enterro foi de verdade? Será que, sei lá, quem quer que seja a Simone não tenha ficado de saco cheio da perseguição e inventou que morreu?

— Não dá pra inventar que morreu, Lucas.

— Você viu o corpo?

— Não tinha corpo, foi uma cremação.

— E tinha lápide? Não tem lápide só em enterro? — Não tenho resposta, e Lucas cruza as mãos atrás da cabeça, pensativo. — Tipo, sei lá, com dinheiro suficiente dá pra inventar qualquer coisa.

— É… hã… Será? — Faz sentido? Qual argumento tenho? Bato uma palma ruidosa, lembrando porque eu tenho que estar certa. — Eu achei um quarto na casa da Júlia com os livros da Simone! Tá tudo lá, inclusive uns escritos do passado, os rascunhos… E tudo abandonado. A Júlia inclusive comentou que foi num enterro. Simone é o irmão da Júlia, que morreu!

— A Júlia tem irmão? Ela me falou que é filha única.

— Mas se ela mora sozinha de quem é o escritório?

Cruzo um olhar com Lucas, e nós dois arregalamos os olhos, chegando na mesma conclusão.

— Não — digo, antes mesmo de mentalizar o pensamento. — Não pode ser. LB tem que, bom, ser um…

— *Tem* que? Eu acho que vale a pena considerar que…

— Não. — Ergo um dedo na direção de Lucas. — Nem vem. Não pode.

— Malu — começa Lucas, desviando os olhos e coçando a nuca, apreensivo. — Por que você tá fugindo disso?

A campainha toca.

— Putz! — digo. — Será que é a minha mãe?

— Nossa, Malu, você tá mesmo morrendo de ressaca. — Lucas ri. — A sua mãe tá em casa. E, mesmo que não estivesse, por que ela tocaria a campainha?

— Quem mais seria? Ai, não, por favor que não seja o Leo…

Levanto-me, cambaleante, querendo impedir minha mãe de estrangular Leo, mas a voz que ouço vinda da porta não é a dele.

— Oi, Sônia! Quanto tempo!

— Só a faculdade mesmo pra te fazer passar mais de uma semana longe daqui — responde a minha mãe, abraçando a garota que entra pela porta.

Meus olhos sobem devagar, vendo as sapatilhas finas, a saia que ajudei a comprar, a camiseta solta que aprendi a imitar… E então ela olha para cima e me vê, e sorri o sorriso mais familiar do mundo.

Ester.

capítulo trinta e um

Ester olha para as paredes do meu quarto como se não tivesse sido ela a me dar, e depois ajudado a pendurar, boa parte do que está ali. As fotos de polaroide de nós duas, os pôsteres de filme, as notinhas engraçadas... Um museu arqueológico da nossa amizade.

Depois que ela entrou no quarto e me deu um abraço esquisito, Lucas entendeu que estaria interrompendo o que quer que fosse e voltou para casa. Preferia que ele tivesse ficado. Nem sei o que Ester fez, afinal: fingir que sabia foi uma jogada boba, uma vingancinha infantil, muito mais fácil do que ser madura e dizer que estava triste por ela ter sumido. Que admitir o quanto dependo dela, e como estar longe me machuca.

Pode ser a ressaca, mas há algo diferente entre nós. Primeiro que estamos em silêncio, sem papo sobre a faculdade, as bandas que gostamos, o terceiro ano, ou os vídeos do Pensante. É estranho estar com Ester ali. Ela sempre me fez sentir de uma forma única, um quentinho no peito, que andou apagado com o sumiço dela, e volta com força. E também com receio. Não estou mais com raiva dela, mas não sei como me aproximar.

— Então você não seguiu o meu conselho, né — diz Ester, finalmente. Ela ri quando fala, mas é um riso triste, uma tentativa atrapalhada de quebrar o gelo.

— É — respondo. — Você devia ter sido mais enfática sobre essa coisa da vodca.

Ester ri mais uma vez, um riso mais sincero, que me arranca um sorriso.

— Ah, Malu, desculpa. Eu queria ter estado do seu lado pra te ajudar no seu primeiro PT...

— Tudo bem —, digo, o sorriso morrendo aos poucos. — Não é como se eu estivesse no seu, né?

— E o que faz você acreditar que já tive um? — diz Ester, fingindo ultraje.

— Ué, você tá na faculdade. Tudo que se faz na faculdade é ir pra festa, usar drogas, esse tipo de coisa.

— Não tem sido bem a minha experiência — diz ela, rindo.

— Como se eu soubesse muito, né...

Ester desvia os olhos, e voltamos a ficar em silêncio. Arrependo-me pelo comentário, mas será que deveria? É assim que me sinto. Se eu tivesse sido sincera antes, não teríamos brigado.

Nunca me senti tão desconfortável com Ester. Ela parece uma estranha ali, mais adulta, mais séria... A mecha rosa no cabelo se perdeu, os vários brincos viraram só duas argolas prateadas, bem sutis. Mas ela continua radiante. Quanto a invejei por isso. Pensei que quando a visse de novo eu me sentiria bem. Ali, no entanto, eu me sinto esquisita, errada. Sei que ela viajou só pra me ver, e eu deveria estar super feliz, mas não estou.

— Olha, Malu — começa ela, súbita. — Eu vim te pedir desculpa. Eu devia ter te contado sobre o João. Não sei como você descobriu, mas...

— João?

Ester ergue os olhos para mim, e arregalo os meus.

— Não era disso que você tava falando? — diz ela.

— Eu, hã...

— Maria Lúcia Dias — começa Ester, enunciando cada palavra com cuidado. — Você falou que sabia. Do que você sabia?

— Eu não sabia nada. Eu tava frustrada e com raiva de você, por isso falei aquilo.

— Você chutou que eu tava escondendo algo e acertou?

— Mais ou menos. No e-mail de LB eu cortei uma parte... Ele falou pra perdoar você. Eu não sei por quê, mas imaginei que você tava escondendo alguma coisa.

— Ah — diz ela, batendo os nós dos dedos no nariz, encaixando aquela informação com tudo que aconteceu.

— Quem é João?

— É meu namorado. A gente tá junto há uns dois meses.

Levanto-me num salto.

— VOCÊ TÁ NAMORANDO E NÃO ME CONTOU? ISSO É QUEBRA DE CONTRATO! É DEMISSÃO POR JUSTA CAUSA! VOCÊ TÁ ME DEVENDO CINCO SÓ-FAZ-ISSO, SENHORITA ESTER!

Ester congela. Espero ela começar a rir, notar que estou brincando, mas ela não se move. Claro que estou ofendida, mas ela está namorando? Só isso? Ela não tem como acreditar que eu estou chateada de verdade, né?

— Desculpa — diz Ester. — Eu fiquei meio assim de te falar. Até achei que eu tava sendo idiota, me preocupando demais, mas depois de descobrir a coisa da minha festa de quinze anos...

— Por que você tá tão fissurada com isso? Já passou, Ester. Sei lá por que não te contei. Não foi nada demais.

— Não, Malu, foi sim. Se LB te pediu pra me perdoar, não deve ser por causa do João. Pode ser por eu me afastar de você depois dele.

— Mas por que você se afastou? A nossa amizade sobrevive a um namoro, Ester. Você podia ter me contado antes, eu tô feliz por você!

— Tá mesmo?

— Ester, você achava que eu ia ficar com ciúmes do seu namorado? — digo, sentando-me na cama. — Agora sim tô ofendida.

— Ah, é? Por que você ficou tão chateada na minha festa de quinze anos, então?

— Foi porque... — Mordo o lábio. — Foi porque você ficou com um garoto e eu não.

— Mentira! Você tinha ficado com o Carlos tipo dois dias antes!

Droga. Eu não deveria ter ensinado Ester a ver mentira. Ela não me dá tempo de pensar:

— Me fala, Malu, por que você ficou tão chateada na festa?

— Eu... Eu não sei, tá bom? — digo, trincando os dentes. — Eu só fiquei!

— Ah, é mesmo? — Ester cruza os braços, cética. — Sem motivo, assim. Do nada. Só ficou chateada.

— É! Por que você fala como se eu soubesse e estivesse escondendo o motivo?

Ester encara minha raiva por um momento, então desvia o olhar.

— Malu, eu te adoro, mas você é difícil de vez em quando. Acho que você não é muito sincera com as coisas que você sente.

— Ah, agora todo mundo me entende melhor que eu — digo, ainda mais irritada, lembrando de Lucas dizendo algo parecido no nosso encontro de mentira.

— Não, não é isso. Eu só acho que, bom, você não quer sentir certas coisas, aí você se segura...

As mensagens que troquei com Má voltam fortes à minha mente. *É quando você não quer gostar de alguém mas não consegue.*

— Você quer parar de me enrolar e falar o que você quer logo?

— Que se dane, vou mesmo. — Ester inspira fundo. — Maria Lúcia, eu não falei que estava namorando porque por boa parte da nossa amizade eu tive receio de que você fosse apaixonada por mim.

As palavras de Ester me congelam. Ela continua:

— Eu já tentei abordar esse assunto várias vezes, mas você sempre desconversa, e eu não sei direito como lidar. Por anos deixei isso quieto, tive medo de entrar no assunto com você... Mas eu sou sua melhor amiga. Eu noto como você me olha de vez em quando.

— Você acha que eu sou lésbica?

— Talvez bissexual — responde ela. — Mas eu não sei, de verdade. Eu queria conversar sobre isso com você, mas você sempre fica...

— Não sei de onde você tá tirando isso — respondo, levantando a voz. Sinto meu corpo todo tenso.

— Brava — completa ela. — Ou, como descobri, tem uma crise e se esconde no banheiro. Sabe que eu notei que você me tratou diferente por semanas depois da minha festa? Eu suspeitei que podia ser algo do tipo, até tentei conversar com você, mas você sempre fugia, e...

— Eu não tenho ideia do que você tá falando — Sinto o rosto esquentando, vermelho. — Eu te tratei igual.

As palavras não convencem nem eu mesma. Ester expira com força, esforçando-se para ser paciente.

— Malu, eu sei, é difícil, mas é bom falar dessas coisas. É assim que se cresce.

Eu tô tentando crescer, penso. *Virar uma Pessoa Séria. Por você.* Isso sempre soou tão patético assim? Tão infantil? "Pessoa Séria", sério? Não digo nada, sentindo os punhos tremendo, meio de raiva, meio de confusão.

— Tipo... — nunca vi Ester tão insegura. — Eu sei que você nunca quis falar do seu pai, mas acho que ele tem a ver com isso...

— Quê?

— Ele... — Ester encara o chão, estalando os lábios. Meu corpo todo treme. — Ele não era, bom, a pessoa mais mente aberta do mundo. E ele não gostava muito de mim, você sabia, né? Eu acho que era porque...

— Você tá completamente maluca, Ester — digo, levantando-me. — Não acredito que você tá inventando essas desculpinhas pra justificar você ter sumido e mentido pra mim.

— Malu...

— É sério, eu... — Tiro o celular do bolso, procurando qualquer desculpa para falar de outra coisa, e, numa coincidência absurda, vejo uma mensagem de Júlia avisando que esqueci a minha carteirinha do colégio na casa dela. — Olha só, eu preciso ir. Depois a gente conversa.

— Mas Malu...

— Tchau, Ester — digo, fria.

— Olha só, Maria Lúcia, você ficar me tratando que nem doida e fugindo do assunto só vai piorar tudo!

— Tchau, Ester — repito, abrindo a porta do quarto.

Ester sustenta o olhar, o rosto ficando vermelho, até que bufa e vai até a porta. Ela sai para o corredor, mas para. Quando se volta para mim, tem uma expressão calma, triste.

— Malu, eu só quero te ajudar. Mas nisso eu não consigo. A única pessoa que pode te dizer o que você sente é você mesma.

capítulo trinta e dois

As palavras de Ester rodopiam na minha cabeça, num redemoinho de raiva, decepção, medo. De onde ela tirou aquela ideia? Apaixonada por ela? Eu? Que maluca! Ok, admiro a beleza das meninas, mas todo mundo faz isso, né. Não é como se eu tivesse me envolvido com alguma menina na vida... Bom, eu beijei a Má na festa, mas não foi ideia minha! Eu não tive escolha! E não é como se... tá, *talvez* eu tenha gostado, mas eu tava bêbada! Isso não prova nada!

Tento lembrar da festa de quinze anos da Ester. Eu fiquei péssima vendo-a com outra pessoa, mas por quê? Não tem a ver com o fato de gostar dela, ou gostar de garotas, né? O que meu pai pensaria? A Ester tá inventando isso pra se vingar, só pode ser. Deve ser por isso que o meu pai não gostava dela.

Ainda estou com a cabeça cheia, oscilando entre irritação e dúvida, quando o ônibus chega no prédio de Júlia. Subo até o apartamento, sentindo um *déjà-vu* esquisito. Eu dormi ("dormi", né) ali antes de ontem, mas parece que foi anos atrás. A Malu que dormiu ali ainda não conhecia o Pensante, não sabia dos males da bebida, ainda confiava na Ester... Cada coisinha que acontece me muda tanto. Pode ser mesmo que só conhecer LB me tornasse uma pessoa completamente diferente.

Júlia atende a porta com um sorriso e um abraço, tão caloroso que afasta um pouco do meu mau humor. Bolo, o gatinho, roça na minha perna, e pego ele no colo enquanto Júlia fecha a porta.

— Achei sua carteirinha só hoje — diz ela, guiando-me pelo apartamento, e a sigo sem olhar, distraída com o ronronar do gato.

Júlia para, e só então noto onde estou. Ao meu redor, as caixas cheias da edição mais recente do *2022*, as prateleiras com as várias traduções, a escrivaninha com os rascunhos. O escritório de Simone Dôup. Júlia tem um olhar severo.

— Você deixou cair aqui — diz ela. — E você esqueceu de colocar os papéis no envelope...

Olho para o envelope marrom de onde tirei as notas à mão sobre o futuro, percebendo que não coloquei no lugar. Descobrir que Simone tinha morrido mexeu tanto comigo que não arrumei as coisas direito. Fico parada, querendo me enterrar. De novo pega bisbilhotando as coisas dos outros...

— Júlia, eu... — começo, mas ela me interrompe.

— Tudo bem — diz ela, suspirando. — Eu acho que eu deixo tudo assim na esperança de que alguém descubra, sabe? É muito difícil esconder isso. Se tem uma coisa que eu sou boa na vida, é esconder as coisas. Vem, vamos sair daqui, não gosto deste quarto.

Júlia me pega pela mão e me leva até a sala, parecendo cansada. Algo coça na minha mente, uma conclusão que eu tinha chegado com Lucas, mas a história com Ester mexeu tanto comigo que não lembro direito o que era.

— Era disso que eu tava falando na sexta — diz ela, sentando-se no sofá onde dormimos juntas, sorrindo um sorriso triste. — Que boba eu, falando de mim mesma como se fosse "uma pessoa que eu conhecia" e tal. Eu tava falando de mim. Eu fiz tudo que sempre quis, e descobri que não era como eu achava que seria.

Sinto meu coração acelerando. "Ela me falou que é filha única", disse Lucas. "Mas se ela mora sozinha, de quem é o escritório?", respondi.

— Eu achei que matando a Simone Dôup isso acabaria, eu conseguiria deixar isso para trás e voltar a ser quem eu era, mas não. Não escrevo uma palavra desde então.

Eu não deveria perguntar de quem é o escritório. Se Júlia mora sozinha, de quem mais seria?

Os pontos se conectam na minha cabeça como raios. Eu estava tão certa que LB era um garoto que nem considerei essa possibilidade. Depois do que Ester disse, e até o Lucas dizendo que faria sentido LB ser minha namorada...

Lembro de quando olhei Júlia pela primeira vez, na aula de computação. Ela era tão certa de si, tão perfeita, que fiquei com raiva. Uma raiva parecida da raiva que eu costumava sentir de Ester, quando ela amadureceu. É tão normal para mim ter raiva de meninas bonitas que achei que todo mundo compartilhava isso. Sempre achei que era uma forma de lidar com os ciúmes, mas... E se não for? E se a raiva é a minha forma de negar alguma coisa dentro de mim?

Júlia parece tão triste, sem um pingo da confiança que tanto odiei quando a conheci. O que sinto olhando para ela é diferente do que sinto olhando para Leo? Do que senti com a Má? Não parece.

Não, não posso tirar nenhuma conclusão. Minha cabeça está uma confusão, meu estômago ainda está revirado da ressaca, meu corpo todo dói... E Simone fingiu a própria morte, e Júlia é Simone, e Simone sabe de todo o passado. O e-mail de LB até menciona Júlia: um ótimo jeito de me fazer desconsiderá-la. Qual outra conclusão existe?

— Escrevi o *2022* quando eu tinha treze anos — diz Júlia. As palavras causam arrepios em todo o meu corpo. É isso, então? A resposta que estive procurando? Excitação e decepção brigam dentro de mim, fazendo meu corpo esquentar e esfriar. — E não mereço nada. Só peguei as coisas do futuro e transformei em livro. Troquei alguns detalhes, mas no final não foi suficiente. Todo mundo acreditou que o livro era o oráculo do futuro. Ainda bem que escrevi sob um pseudônimo... Se não, já teriam me linchado. Sabe quanta coisa já escreveram sobre Simone? Quanta guerra eu podia ter evitado, quanta tragédia eu podia ter impedido... Tem *posts* sobre Simone que tiram o meu sono até hoje. Eu era só uma adolescente idiota! Eu só queria ser escritora.

Não consigo falar. Só ouço, corpo trêmulo, enquanto Júlia fala, olhos úmidos de lágrimas que ela tenta segurar.

— Continuei escrevendo enquanto o *2022* era publicado, até terminei um rascunho do *2027*, mas quando começaram a ver a verdade no *2022* não consegui escrever mais nada. O *2022* só fez sucesso por ter previsto o futuro. Não sou escritora coisa nenhuma. Não mereço nada.

Júlia abraça as pernas, afundando o rosto nos joelhos. Sento-me do lado dela, sem saber o que fazer, e a abraço. Sei que eu deveria confrontá-la, falar do meu pai, do futuro, mas agora minha vontade é só confortá-la.

— Malu — diz Júlia, súbita, a voz tremendo. — Você é LB?

As palavras me atingem como um balde de água fria.

— Eu? — digo. — Não é você?

Júlia tira o rosto dos joelhos, piscando, parecendo tão confusa quanto eu.

— Por que você achou que era eu? — diz ela.

— Ué, é óbvio! As escritas sobre o passado!

— Mas se não é você... — diz Júlia, ignorando o que eu falei, pensativa. — Quem é você, então?

— Como assim?

Júlia abre a boca para explicar, e a campainha toca. Ela franze o cenho e se levanta.

— Quem será? — diz ela, secando as lágrimas na manga e indo até a porta.

Não dou muita bola pra campainha: continuo pensando na pergunta de Júlia, mal notando o que acontece na porta. Só viro a cabeça quando ouço outra pessoa entrando na sala.

— Vocês se conhecem, né? — diz Júlia, acompanhada de um garoto que conheço sim. Conheço bem demais, até. Percebo, com uma pontada de pânico, que ainda não estou pronta para encará-lo.

— É — diz Leo. — Hã... Oi, Malu.

capítulo trinta e três

— De onde você conhece o Leo? — sussurro, enquanto Júlia e eu estamos sozinhas na cozinha. Depois que Leo entrou, Júlia perguntou se alguém queria um chá, e me ofereci para ajudar antes que tivesse que interagir com ele.

— Ele é da nossa turma — diz ela, não tão baixo quanto eu gostaria.

— Ele só foi em, tipo, meia aula!

— Ela já sabe, Júlia — diz Leo, da sala. — Sobre o Pensante.

Voltamos para a sala com o chá, e Leo está sentado com os cotovelos nos joelhos, sério. Está de terno, um que reconheço dos vídeos do Pensante, com uma expressão triste, intensa, a mesma expressão que sempre imaginei por baixo da máscara. Por mais que Leo seja muito diferente do Pensante, tudo que é Pensante está nele.

Eu com certeza sou atraída pelo Leo. Não posso gostar de meninas também, certo? Nos sentamos no sofá, e os olhos de Leo encontram os meus.

— Como você sabe sobre LB, Malu? — pergunta Leo, encarando-me fundo nos olhos.

Hesito. Não sei o que responder. Digo para Leo que fiquei com ele por achar que ele era o meu namorado do futuro? Invento alguma história? O que eu faço?

— Meio injusto pressionar ela assim, Leo — diz Júlia. — Acho melhor a gente começar. Afinal, você que andou falando com ela com segundas intenções...

— É, pode ser — diz Leo.

— Segundas intenções? — digo, sentindo o rosto ficando vermelho.

— Sete anos atrás eu recebi uma carta — começa Leo, mirando o chão, olhos arregalados. — Uma carta que dizia pra apostar no YouTube. Dizia que conhecia meus sonhos, sabia meus talentos, e falava para apostar na plataforma. Incluía dicas precisas, os momentos pra mudar de estratégia pra ter mais alcance, pra ganhar mais com propaganda, as coisas que davam certo... Eu segui essas instruções, meio pra ver o que acontecia, e tudo deu certo. O Pensante é o que é, em termos de alcance e fama, por causa dessas orientações.

— Igualzinho ao que aconteceu comigo — diz Júlia. — Recebi uma carta na mesma semana. Dizia que me conhecia, sabia que eu queria ser escritora, e queria me ajudar. Junto com a carta, as páginas que você viu. Sobre o futuro.

— As cartas não tinham remetente, e eram assinadas só por duas letras — diz Leo.

— LB — completo.

Leo e Júlia assentem.

— Eu demorei pra pensar na coisa da viagem do tempo — continua Leo. — Não foi tão claro na minha carta, mas conforme os anos passavam e as coisas continuavam acontecendo como LB previu, e eu comecei a considerar que podia ser algo além do facilmente explicável. Fiquei obcecado em descobrir quem era LB.

— Assim que nos conhecemos — diz Júlia. — Ou, melhor dizendo, assim que o Leonardo, esse *stalker* profissional, foi a primeira e única pessoa no mundo todo que descobriu que eu era Simone.

— Ajudou que a gente estudava na mesma sala — diz Leo, coçando a nuca, meio sem graça. — E naquela época você queria que alguém descobrisse, fala a verdade.

— Um pouco. — Júlia fica vermelha. — Mas eu só queria contar pra alguém que eu tinha publicado um livro! Não queria um garoto arrogante me confrontando nos fundos da escola, dizendo que espionou meu caderno e sabia que eu era uma viajante do tempo!

— Foi bem idiota — diz Leo, rindo, um pouco encabulado. — Mas qual é, depois eu te ajudei a se esconder melhor. Foi sorte que eu fui o primeiro a descobrir.

— Foi mesmo... te devo muito, Leo — diz Júlia, olhando para Leo com afeição, mas mais companheirismo, amizade. Eu não tinha ideia que eles se conheciam há tanto tempo.

— Então LB devia conhecer vocês...

Falo mais pra mim mesma, e os dois arregalam os olhos, pedindo explicações.

— Vocês deviam ser amigos dele, no futuro alternativo de onde ele veio. E, quando ele voltou, quis ajudar vocês… — franzo o cenho. — Você pensou mesmo em viagem do tempo, Leo? Não procurou uma explicação menos, hã, impossível?

— Claro — diz ele, dando de ombros. — Muito mais provável que LB fosse só alguém dentro do YouTube, no meu caso, ou algum analista político ou futurólogo incrível, no caso da Júlia. Mas imagina que máximo se viagem no tempo fosse possível! Eu queria descobrir, e por isso fiquei nutrindo a esperança de que podia ser real… E LB se esconde muito bem, então isso só aumentava a minha expectativa. Pensei muito no assunto, criei muitas teorias, e cheguei à conclusão de que, se LB viajou no tempo, deve ter sido do jeito *menos impossível*: sem realmente *viajar*, corpo e tudo. Deve ter sido só uma consciência, voltando pro próprio corpo mais jovem.

— Hã… — deixo escapar, a boca aberta. Leo é inteligente mesmo.

— É isso? — diz ele, animado, voltando a parecer só um adolescente. — Acertei?

— Pelo e-mail que recebi, é isso aí. LB voltou pra consciência de criança, e reviveu a própria vida. Ele sabia coisas que eu nunca contei pra ninguém: coisas que só contei no futuro alternativo. Tenho certeza que ele viajou no tempo.

— Isso! — diz Leo, animado.

— Por isso que eu perguntei quem é você — diz Júlia. — A carta de LB definiu as nossas vidas: sem ela não existiria nem Simone Dôup nem Pensante. Imaginei que você podia estar numa situação parecida.

— Eu só recebi o e-mail na terça — digo. — Não faz sentido. Ele falou como se eu fosse super importante pra ele, mas ele ajudou vocês antes?

— Como assim super importante pra ele? — diz Leo.

— Ele pode ter te ajudado com algo mais indireto — corta Júlia. — Pensa bem, aconteceu alguma coincidência na sua vida que te ajudou?

— Tá mais pro contrário — digo, pensando em meu pai. — Se bem que o Lucas recebeu um e-mail dele também, e salvou a minha vida quando o lustre quase caiu na minha cabeça.

— *Um lustre quase caiu na sua cabeça?* — pergunta Júlia.

— Eu *sabia* que tinha algo estranho nessa história! — diz Leo, socando a mão, satisfeito. — Espera, isso aconteceu, tipo, antes de ontem, né? Então, mesmo LB mudando todo o futuro, algo tão aleatório aconteceu de qualquer forma?

— É — digo. — Acho que essa história de teoria do caos é balela.

Leo ergue os olhos para mim e vejo seus lábios desenharem um sorriso espantado. É o mesmo olhar que ele me lançou quando nos conhecemos, cabulando aula. Um olhar de surpresa, e admiração. Sinto o ar escapando pela boca, e desvio o olhar.

— Por que você achava que era eu, Leo? — digo. — As iniciais não batem.

— Iniciais? — Leo franze o cenho. — Espera, por isso que você achou que era eu? Como você descobriu o meu nome do meio?

— A professora de computação falou na chamada.

— Eu nem considerei que seriam iniciais. — Ele dá de ombros. — "LB" podia ser qualquer coisa, e não achei que alguém que se esforça tanto pra ser discreto colocaria as próprias iniciais na carta.

Má estava certa, então: eu estava confiando muito nas iniciais. Eram a minha maior pista... Enterro a cara nas mãos, desanimada.

— Que saco, se as iniciais não têm nada a ver, não tenho mais nenhuma ideia. Não que ajude muito, três dos meus quatro candidatos estão aqui agora, e o outro é o Lucas, que também não é... — Levanto a cabeça com ímpeto, curiosa. — Espera, por que vocês achavam que podia ser eu?

Júlia e Leo trocam um olhar.

— Como eu falei — começa Leo —, fiquei obcecado por LB. Se quem escreveu as cartas queria ajudar eu e a Júlia a alcançarmos nossas ambições, imaginei que essa pessoa teria ajudado mais pessoas. Não achei mais casos de sucesso parecidos com os nossos, mas tem várias coincidências gigantes que salvaram muita gente. Um esquema suspeito que preveniu um acidente ambiental bizarro em uma barragem uns anos atrás, uma série de acasos felizes que impediram um baita incêndio na Austrália... Eu não achava padrão nisso, fora serem desastres grandes, que seriam lembrados por anos. Imaginei que LB seria aqui da cidade, se quis ajudar Júlia e eu. Então procurei à minha volta, e encontrei um caso que, indiretamente, te ajudou.

— *Me* ajudou? — digo. Leo assente.

— Procura no YouTube. Em uma entrevista com o diretor da novela onde a sua mãe trabalha, ele conta como contratou ela depois de ver uma apresentação dela no teatro. Ele disse que recebeu o convite do nada. Sem remetente, como se um agente misterioso quisesse que ele assistisse. Ele disse que ninguém admite ter enviado a ele. Claro que é mais simples que alguém não queira admitir... Mas e se não for isso? E se alguém, *alguém que sabia que a peça seria sensacional*, estivesse tentando ajudar a sua mãe?

Engulo em seco. Isso foi LB, então? Mas por que ele teria ajudado a minha mãe e não o meu pai? *Algumas coisas simplesmente acontecem.* Não, não pode ser, era só o impedir de sair de casa!

— Até a noite que seu pai morreu... — começa Leo, mas para, vendo o espanto nos meus olhos e engasgando.

— Leo — diz Júlia, pousando uma mão no ombro dele. — É melhor...

— Não — digo, minha voz saindo quase em um sussurro. — O que aconteceu?

— Eu achei muito estranho ele ter morrido. Se LB ajudou sua mãe, por que não fez isso com seu pai? — diz Leo. Ele parece ler a minha mente, entender o quanto me fiz essa pergunta nos últimos dias. — Eu perguntei muito por aí, fingi que eu conhecia ele e queria entender melhor o acidente. Na noite que ele morreu, descobri que ele foi em três dos bares que ele frequentava. Os dois primeiros estavam fechados. Não descobri exatamente a razão, mas pareceu, de novo, uma coincidência esquisita. O terceiro, no entanto, estava aberto. E...

— Calma — interrompo, sacudindo a cabeça. — Bares? Ele morreu num acidente de carro.

— Sim — explica Leo, olhos arregalados. *Vale a pena sacrificar a felicidade pela verdade?* — Ele tinha bebido, Malu.

— Não pode ser. Ele não teria feito algo tão... Ele era ótimo, ele...

Deixo as palavras morrerem, tanto Leo quanto Júlia respeitando minha confusão. É muita coisa pra engolir. Não consigo acreditar em Leo, mas ele falou com tanta certeza... LB tentou salvar o meu pai, então? Falhou por incompetência, não por omissão? Talvez por isso que ele não queira me ver: ele não conseguiria olhar nos meus olhos e dizer que não conseguiu.

— Claro que não foi só a história do diretor da sua mãe — continua Leo. — Eu já achava que podia ter a ver com você. Descobri que o Google deixou umas poucas pessoas terem um e-mail de menos de seis caracteres, e um deles era *lb@gmail.com*. Não podia ser coincidência. Acabei contratando um hacker pra tentar entrar nesse e-mail, e ele só me deu uma informação. Um nome. Malu Dias.

— Talvez tenham descoberto o e-mail que LB me mandou — digo. — Na terça. LB ficou tentando me enviar até eu fazer meu endereço de e-mail atual, que é o meu nome.

— Possível. A informação que recebi pode ter sido o destinatário da mensagem, e além disso senti algo diferente em você quando te conheci, Malu. Você me tratou como se soubesse alguma coisa.

— Eu que deveria dizer isso! — digo, sentindo as bochechas esquentando.

Passamos o resto da tarde no apartamento de Júlia, eles me contando detalhes sobre as vidas deles, sobre as cartas e a busca por LB. Leo fala muita coisa sobre o tempo e recursos que usou na busca pelo viajante do tempo, enquanto Júlia conta os vários detalhes sobre o futuro que não usou no livro. Os dois se deram bem por causa disso, pelo menos monetariamente: Leo se orgulha muito do próprio trabalho, enquanto Júlia se envergonha. Quero ajudá-la... Queria saber como.

Por que será que LB não me ajudou como fez com eles? Ok, ele ajudou a minha mãe, o que foi muito bom pra mim, mas só indiretamente. Não tenho grandes ambições, como os dois, mas ele podia pelo menos ter me dito qual curso eu faço no vestibular, né. Talvez ele tenha mesmo tentado ajudar o meu pai...

Falo sobre Lucas, sobre as dúvidas que tive, sobre achar que Simone estava morta... E rimos juntos, compartilhando histórias que só fazem sentido para nós. Leo e Júlia são próximos, apesar de muito diferentes. LB une os dois. Só podem conversar sobre as cartas entre si.

— Mas vem cá — diz Júlia. — O que o e-mail do LB te falava?

— É — reforça Leo. — Você mencionou que LB te considera importante.

— Ah — digo, desviando os olhos de Leo. — Ele falou que nós namorávamos no futuro. O e-mail foi uma espécie de declaração de amor.

Leo me encara com um olhar indecifrável. Sem aviso, ele apoia as mãos nos joelhos e se levanta.

— Bom, Júlia, agora que entendemos o que aconteceu eu volto alguns passos, e continuo procurando. Te aviso qualquer coisa. Tchau, Malu.

Antes que eu consiga reagir, Leo sai do apartamento, da mesma forma que fez na festa. Não consigo me mexer. Claro que o Leo ia ficar ofendido! Mas eu não gostava dele só por achar que ele era LB! Até antes de Má aparecer, aquela noite que saímos juntos foi tão boa...

Júlia se vira para mim devagar.

— O que acabou de acontecer?

— Eu, bom, achei que Leo era LB, e saí com ele...

Júlia não precisa de mais explicações. Ela vê meu olhar aflito e parece ler a minha mente.

— Então vai lá falar com ele!

capítulo trinta e quatro

— Leo, espera!

Encontro Leo já fora do prédio, do lado do carro. Ele se vira para mim, calmo, sério, alerta. Quase vejo o Pensante ali, de máscara e tudo, mas é só Leo.

— Ai Leo, eu nem conversei com você sobre ontem, desculpa, sério, eu...

— Relaxa — diz ele, esboçando um sorriso que não me convence. — Não dá pra te culpar; cometi o mesmo erro.

— Cometeu? — digo, num misto de alívio e tristeza. — Você só saiu comigo porque achava que eu era LB?

— Não — diz ele, na lata. — Admito que imaginei que eu podia ter alguma relação romântica com LB. Se LB me ajudou tanto, ele, ou ela, deve se importar comigo, então faria sentido. Mas não foi só nisso que eu tava pensando. Se me arrependo de alguma coisa, é de ter achado que você era o viajante do tempo e já sabia beber.

Ele abre a porta do carro, respirando fundo e olhando para o céu escuro.

— Por anos imaginei como seria conhecer LB. Imaginei que o viajante do tempo seria alguém sério, intrigante, alguém que o Pensante se interessaria... Mas eu não sou o Pensante. E fui eu, e não ele, que se impressionou com você, que não conseguiu tirar você da cabeça...

— Leo, eu... — digo, o coração acelerando.

— Essa não é a hora pra tomar decisões — diz ele. — Aconteceu muita coisa com você nos últimos dias, Malu. Mas...

Ele se volta para mim, tomando a minha mão. O toque é tenro, pessoal. De muitas formas, aquele é o momento mais íntimo que já dividimos.

— Eu gostei de sair com você. Adoraria sair de novo.

Ele solta a minha mão, me dá um beijo na bochecha e entra no carro. Abro a boca, mas o som não sai. Quero dizer que eu também, quero dizer que acho ele incrível, os sentimentos da véspera voltando com força, a ideia de namorar o Pensante... Mas acabo dizendo outra coisa.

— O e-mail de LB — digo. — *lb@gmail.com*. Você não conseguiu entrar nele. Nunca usou ele na sua conta do YouTube.

Leo sorri.

— Você é boa em me surpreender. De tudo que você podia dizer, eu nunca teria imaginado isso. Não, nunca usei. Boa noite, Malu.

O carro acelera e fico em silêncio, sozinha, pensando se minha mãe vai me perdoar se eu pedir um uber ao invés de ficar esperando o ônibus. É, pelo jeito Má estava errada sobre Pensante usando o e-mail de LB, então. Segredos do ofício...

Coloco a mão no bolso, e sinto algo além do meu celular. Uma folha amassada. Um guardanapo, no qual a Má tinha feito a primeira tabela dos possíveis LBs.

Minha cabeça gira. Penso na morte do meu pai, na carreira da minha mãe, no lustre... Quero ficar com Leo, mas a existência de LB parece me impedir. E ainda tem o papo com Ester, zumbindo na minha cabeça como uma mosquinha chata, voando em círculos e fugindo sempre que tento esmagá-la.

Nem uma semana, e agora não tenho mais nenhuma pista sobre LB. Não entendo nada do que ele fez... Será que as iniciais não têm nada a ver mesmo?

Tiro o celular do bolso, abrindo e fechando os aplicativos sem saber bem o que estou querendo, ou procurando. Ainda aperto o guardanapo amassado na outra mão. Acabo parando na foto que tirei no escritório de Júlia, das páginas sobre o futuro que LB enviou. Escritas à mão...

Uma ideia idiota me vem à mente.

"Escuta", digito. "Me faz um favor, Lucas?"

capítulo trinta e cinco

Passo pela porta de vidro e a noite morna me atinge, o vento parecendo me estapear, enchendo-me com mais um pouquinho de energia. Não importa a ressaca. Antes de dormir, eu preciso ver se a minha última ideia faz sentido.

O terraço do shopping é um espaço aberto, coberto só numa pequena porção, onde fica o cinema. O resto é um estacionamento amplo, que, numa noite de domingo, está deserto. Não há nenhum carro entre mim e os parapeitos altos, de onde vejo a cidade inteira. Eu costumava ir ali para conversar com Ester, só nós duas, nosso cantinho de solidão no meio do caos do centro da cidade. Nunca achei o lugar romântico, mas entendo se ela via assim. É tão solitário, singelo, pessoal. É o lugar ideal para dividir um momento com alguém.

Caminho sem rumo, contornando a saída, até notar alguém apoiado no parapeito. Sorrio para mim mesma. Não tinha certeza se daria certo. A figura se volta para mim e solta um sorriso triste. Entre nós, só há o som dos carros na avenida lá embaixo, misturando-se com o vento e subindo como sussurros sonolentos. A brisa agita o cabelo dela, revelando os múltiplos tons de roxo e verde.

— Eu deveria ter imaginado — diz Má. — Você que pediu pro Lucas me chamar aqui?

— Sim — digo, apoiando-me no parapeito ao lado dela. — Já que você não tava me respondendo, imaginei que se ele te chamasse você viria. Depois do que aconteceu na festa e tal. Achei que vocês tinham ficado, sabia?

— Há, eu e o Lucas, boa. Você já falou da Júlia pra ele?

— Eu fiz isso antes? — digo, sentindo o coração acelerar.

— Antes?

Má me encara, cenho franzido, o piercing prateado dançando no lábio. Ela usa um batom preto, como o da outra noite, uma calça jeans rasgada nos joelhos e uma regata branca solta. O cabelo cintila na luz da lua, parecendo ter mil tons de violeta.

— Má — começo, tentando não tremer. — Você é LB?

— Quê? — Ela recua, cruzando os braços. — Não!

Encaro Má fundo nos olhos, lendo cada pedacinho da expressão dela. Ela não está mentindo. Nenhum sinal de mentira. Então de onde vem essa intuição?

— Só faz uma coisa, sem perguntas — digo, trêmula. — Me responde, e fala a verdade. Você é LB?

Má trava. Ela abre a boca, hesita, e desvia os olhos.

— Nunca concordei com isso — diz ela. — Você não pode me cobrar um desses de novo.

— Então por que você só não disse que não? Você não tinha nada a perder.

Má arregala os olhos.

— Porque... — começa ela, enquanto sorrio, vitoriosa. Ela bufa, jogando os braços para cima. — Ai meu Deus não acredito que caí nessa! Que otária!

— Você sabia que era importante, né? Por causa do outro futuro.

— Não — responde Má, expirando, e vejo toneladas saindo dos seus ombros. — Essa é nova.

— Então é você — digo, a boca pendendo aberta depois de falar.

Maria Luísa só me encara, séria. É toda a resposta que preciso.

— Má, como... O que... — As perguntas se atropelam na minha cabeça. Quando começo a formular uma surge outra, e outra...

— Deixa eu começar com a primeira pergunta que você me fez hoje. Não, você não falou da Julia pro Lucas. Eles só ficaram na faculdade, depois que você e ela voltaram a se falar.

— Eu e ela paramos de nos falar?

— No outro futuro vocês viraram bem amigas... Bom, um pouco mais que isso. Na festa do final do terceiro ano vocês ficaram.

Pisco com força. Lembro-me de poucas horas antes, quando achei que Júlia podia ser LB. Foi tão estranho me imaginar com ela... Mas foi ruim? Ester está certa, então? Talvez seja algo que eu faria, como fiz com a Má.

Má torce a boca, e baixa os olhos. Ela suspira antes de continuar:

— Vocês brigaram logo depois. Você nunca me contou os detalhes, mas, te conhecendo, deve ter sido bem dramático. Depois de alguns anos vocês voltaram a se falar, e você apresentou o Lucas pra ela. Você sempre dizia que deveria ter feito isso no terceiro ano, assim nunca teria rolado entre você e ela. Eu discordava. A Júlia foi importante pra você.

A brisa quente bate na parede do shopping, subindo e levantando os cabelos verdes de Má. Sinto o rosto formigando, sem saber como devo estar. Má não parece feliz. Tem a mesma expressão triste que teve na festa, quando me viu com Leo.

— Como você descobriu? — pergunta ela. — Foram as iniciais?

— Iniciais? Mas... — Arregalo os olhos. — Nossa, só pensei nisso agora. Você detesta mesmo o nome Maria, é isso? Preferiu ser só Luísa Breves. — Sacudo a cabeça. — Não, Má, não pode ser você, isso não faz sentido. Você foi estudar comigo de propósito? Por que você ficou fingindo me ajudar a descobrir quem é LB? O que você tava fazendo? Na primeira aula de computação...

— Eu nem te reconheci. — Má vê minha confusão, e completa: — Eu não te via há anos, Lu. Você é bem diferente do que eu achei que seria. É mais magra do que nas suas fotos de adolescente, não tem o cabelo colorido, tem mais olheiras... E nós não estudamos juntas. Só fui te conhecer na faculdade. – Má ri. Um riso triste, carregado, nada feliz. — Você achou que eu não queria te conhecer pra não te mudar, mas você já mudou, Lu. Você já mudou tanto. Quando eu percebi que era você, quando eu percebi como você era diferente, eu achei que não ia sentir nada. Mas algumas coisas simplesmente acontecem.

— Como foi? A gente? Da outra vez.

Má sorri, nostálgica por um dia que nunca aconteceu, e nunca vai.

— Foi numa festa. Você era... contagiante. Tão cheia de energia, de ideias, de vida. Você era a menina mais incrível que eu já tinha conhecido. Mas... bom, você namorava o Leo.

— O Leo? O *Leonardo Bril*? O Pensante?

— Fiquei tão feliz que o Pensante deu certo. — O sorriso de Má ganha uma ponta de felicidade. — Sempre achei o trabalho dele ótimo, mas ele não tinha as manhas. E tem tanta sorte envolvida... Eu queria que ele desse certo, por isso ajudei. Da mesma forma ajudei a Júlia... Mas nesse caso não sei se fiz o certo.

— Calma, para, volta. Eu namorava o Leo? E aí?

— E ficou nessa por bastante tempo. Eu e você viramos amigas, e, por tabela, virei amiga do Leo, do Lucas e da Júlia. A gente sempre andava junto. Quando vocês terminaram o grupo desandou, e começamos a passar mais tempo só eu e você. E, numa das festas que fomos juntas, acabamos eu e você num terraço, não muito diferente disso aqui, bebendo champanhe e falando do futuro. E aí, do nada, você me beijou.

— E... eu?

— É. — Má sorri como se sentisse uma saudade dolorida daqueles momentos. — No dia seguinte você fingiu que nada tinha acontecido, bem como eu temia. E aí em outra festa aconteceu de novo, e de novo... E começamos a conversar a respeito. Demorou, mas você começou a aceitar.

Sinto o corpo todo formigar. Pode ser o cansaço, a ressaca, o choque... Eu sou assim, então? Eu vou fazer tudo isso? O sorriso de Má finalmente chega aos olhos, e ela os fecha, fazendo lágrimas calmas escorrerem pelas bochechas.

— Não tenho ideia de como voltei no tempo. Voltei aos meus dez anos, e vivo dividida. Ainda me sinto uma adolescente, reajo e sinto de formas que a eu adulta não fazia mais, não consigo evitar. Não acredito que pedi pra você me beijar ontem, foi tão impensado, tão idiota...

— Por que você não tentou me conhecer logo que voltou?

— Eu tentei. Tentei estudar com você, topar com você, mas nunca dava certo. Você mudava de escola na última hora, ia pra outro lugar... Eu fiz muita coisa nesses anos, Lu. Ajudei muita gente, impedi muito desastre, ganhei muito dinheiro, mas algumas coisas simplesmente aconteceram, indiferentes ao que fiz. Talvez o tempo tenha uma espécie de inércia, talvez exista destino, sei lá. Eu tentava, mas nunca te encontrava. Tentei tanto que desisti. Achei que a gente só ia se conhecer na faculdade, independentemente do que eu fizesse. No dia que me conformei com isso eu escrevi aquele e-mail. Foi idiota, foi impulsivo... e foi exatamente o que eu tava sentindo. Eu tava sentindo muita falta de você. Eu tava muito sozinha. Eu queria voltar pro futuro onde a gente tava junta, e descansar dessa vida de adolescente responsável por arrumar tudo de ruim que aconteceu no mundo.

— Mas logo depois da aula de computação você sabia que era eu. Por que você não me contou?

— Aquilo me pegou muito de surpresa. Você até me chamou de Má! Fiquei meio desesperada. Imaginei que eu podia acelerar tudo, fazer você beijar o Lucas, a Júlia, namorar o Leo mais cedo, como se isso fosse fazer a gente ficar junta mais rápido. Que ideia idiota. Por isso dei a dica falsa do e-mail.

Minha cabeça parece ter desistido de assimilar tudo que está acontecendo. A confusão torna-se um ruído de fundo, e sou preenchida por uma calma estranha, irreal. Enfio a mão no bolso, e lembro do guardanapo que estava lá.

— Isso que me fez descobrir — digo, mostrando-o a Má. — A letra. É a mesma das páginas que você enviou pra Júlia.

— Nossa, que vacilo — diz Má. — Achei melhor escrever tudo à mão. Fica a dica, não tenha cópias digitais de algo tão sensível.

Ficamos em silêncio, eu olhando para a cidade abaixo de nós, Má olhando para mim. Imagino o quebra-cabeças na minha mente, tudo encaixado, perfeito, mas não parece certo. Ou eu que não quero que seja certo.

— Você ainda não respondeu. Por que você não contou? — questiono. — Eu tava na sua frente. Era só abrir a boca e falar. Ou você tentou, e alguma força obscura do destino te impediu? — penso em Ester. — Você achava que eu não ia acreditar? Que eu ia reagir mal, sei lá?

— Um pouco. Mas não teve força do destino. Eu nem tentei. — Má suspira, limpando as lágrimas. — Eu não te contei, Lu, porque eu fui fraca. Não consegui olhar nos seus olhos e contar que...

Meu corpo todo esfria. Má fecha os olhos, fungando, borrando o lápis de olho com as lágrimas.

— Contar o quê?

— O que você quer saber — diz ela, soluçando. — O que você mais queria perguntar pra LB.

Não. Não pode ser.

— É o que você tava explicando, né? Algumas coisas simplesmente acontecem. Você até desenhou as linhas do tempo. Você quis mudar o que aconteceu, e não conseguiu. — Engulo em seco. — Você tentou ajudar o meu pai. O Leo me contou. Mas aconteceu de qualquer forma.

— Não, Lu — diz Má, resoluta, firme, apesar das lágrimas molhando seus lábios. — Algumas coisas simplesmente acontecem, sim, mas não isso. Na minha linha do tempo o seu pai não morre.

O mundo perde a cor. Paro de sentir o vento, paro de ouvir os carros. A única coisa que existe é o frio no peito, e a imagem de Má na minha frente.

— O quê? — sussurro.

Meus braços tremem. O estômago se revira. O coração acelera. Tento falar, mas dos meus lábios entreabertos só consigo balbuciar sons desconexos, tentando entender o que vou perguntar, se há alguma pergunta a fazer. Tudo que consigo fazer é ouvir.

— A morte do seu pai é culpa minha.

capítulo trinta e seis

Meu corpo todo formiga, como se eu tivesse dormido em cima dele inteiro, e o sangue voltasse a correr. Toda minha indignação, toda a raiva, tudo que tentei justificar, acreditar que não podia ser tão simples, tão cruel... Tudo volta.

— Como você pôde? O que você fez? — grito, fazendo a Má recuar. Tremo de ira, ignorando as lágrimas, tanto as minhas quanto as dela. — Você me quebrou! E ainda tem a pachorra de dizer que me ama?

Má fecha os punhos e avança, peitando a minha raiva.

— Você não tem ideia do que eu passei! — berra ela. — Você parou pra pensar por que você brigou com a Júlia no meu futuro, ou por que a Ester ficou com medo de te contar que tava namorando? Ou por que, mesmo agora, sabendo da verdade, você tá duvidando que eu e você podemos ficar juntas? Você não se aceita, Lu. Não acha certo. E isso não nasceu com você. Foi sendo construído pelo mundo... e pelo seu pai.

— Do que você tá falando? O que isso tem a ver? Sua...

— Eu voltei no tempo no dia do seu funeral.

Franzo o cenho. Ouço as palavras de novo e de novo, ecoando na minha cabeça, mas elas não fazem sentido.

— Seu pai nunca ia aceitar — diz Má, devagar. — Ele achava que era errado. Um problema. Eu sei que você pensa nele como amoroso agora, e tenho certeza que foi, mas pensa bem, Lu. Pensa no que ele dizia, no que ele fazia. Pensa em como seria contar pra ele que você tá namorando uma menina. Quando ele descobriu, ele ficou possesso. Ele te... — Má tenta, mas as palavras não saem. Os lábios dela tremem. Os olhos dela escorrem. — Ele te... Te...

— Impossível. — A palavra sai tremida, sem confiança. — Meu pai nunca faria isso comigo.

Um milhão de situações me vêm à mente. Eu não quis guardar mágoas, memórias ruins, então segurei tudo, deixei fundo nas memórias. Meu pai gritando comigo. Me dando bronca por passar tanto tempo com a Ester. Ele me batia?

— Na minha linha do tempo, um dia ele chegou bêbado em casa. Ele te encontrou dormindo na mesma cama que a Ester, e ficou possesso. Você era só uma criança! Mas ele não ligou. Expulsou ela, e te deu uma surra. Você sempre falou desse dia, e eu quis impedir. Descobri os bares que ele frequentava, e tive certeza que os dois favoritos estariam fechados. E aí cheguei no terceiro, e não fiz nada. "Ele não vai em três", pensei. "Ele vai desistir, e não vai machucar ninguém." Mas ele não desistiu. Ele bebeu tanto aquele dia que eu achei que ele não ia conseguir dirigir. Mas ele entrou no carro, e… eu deixei acontecer. Lembrei daquela noite, da última noite que te vi, e só assisti.

— Você tá dizendo que o meu pai me *assassinou*?

— Na noite que você me apresentou pra ele, ele surtou. Ele tava bebendo. Você me disse pra voltar pra casa, disse que lidaria com isso… E eu fui. E eu me arrependi tanto, revi tantas vezes aquele momento… Eu queria tanto, mas tanto voltar, consertar as coisas… Consertar tudo. Consertar tudo de ruim que aconteceu com os meus amigos. Consertar tudo que aconteceu com o mundo. Eu jurei que eu consertaria tudo se pudesse salvar você.

Má dá um tempo para a ficha cair, e ela não cai. Ouço e parece que ela está falando com outra pessoa.

— Olhando o seu pai saindo de carro, eu imaginei como seria contar pra você. Mas, se isso salvasse a sua vida, seria suficiente. Não me importa se você não me amar. Se você não quiser ficar comigo. Não me importa até se você me odiar, ou me entregar para o mundo como viajante do tempo. Se você estiver viva, e se tiver uma chance de você ser feliz, isso é suficiente pra mim. Eu podia ter feito diferente, eu podia ter sido melhor, mas a ideia de te perder mais uma vez, a chance de seu pai te matar de novo… Isso foi demais pra mim. — Má ergue a cabeça, e seus olhos úmidos estão resolutos. — Eu não me arrependo.

— Nem sei o que dizer — digo, sentido a força se esvair. — Eu te odeio, *Maria*.

Má solta um sorriso amargo.

— E eu te amo, Lu. Você tá viva. É tudo que importa pra mim.

— Espero mesmo que isso seja suficiente. Adeus.

Saio do terraço sem olhar para trás. Mas a última imagem que tenho de Má não é o choro. É um sorriso. Talvez o único sorriso genuíno que eu tenha visto nela a noite toda.

capítulo trinta e sete

As mãos de Ana tremiam em cima do teclado. Não havia mais vírgula a digitar, mais explicações a dar. Estava tudo lá. Então por que ela não enviava? Era o medo da repercussão? O que Carlos pensaria? Tudo? Ou nada?

"Não importa", sussurrou ela. "Estou cansada de relativismos. Pelo menos para isso, pelo menos agora, tenho certeza de uma coisa. De que isso é o certo."

— Malu, você tá chorando?

Ergo os olhos para Lucas, sentado na cadeira do meu quarto. Nem vi ele se virar: tinha deixado ele mexendo no meu império interplanetário de formigas enquanto terminava o último livro do vestibular. Depois da morte misteriosa de Simone Dôup, manchete mundial, com certeza vai cair uma questão sobre o livro na prova de literatura.

Não sei por que deixei o *2022* por último. Pode ser porque a Júlia o detesta, e devo ter absorvido um pouco dessa antipatia por osmose. Pode ser porque o livro me faz pensar naquela primeira semana de aula. E em Má.

— Ai, se arrependimento matasse... — sussurro, limpando as lágrimas. Lucas ainda me olha, apreensivo. — Esse livro é muito bom! Eu devia ter lido ele primeiro! Você devia ter me dito pra ler!

— Eu te disse pra ler — diz ele. — Eu li três vezes.

— Mas você não conta. Sua namorada que escreveu. É o mínimo.

— Você fala como se ela falasse sobre o livro. Sempre que eu puxo o assunto, ela...

Lucas é interrompido pela campainha. Levanto-me num salto, dando uma última olhada no vestido antes de descer. Lucas também se levanta, com a mesma camisa preta que usou na festa da turma, ao mesmo tempo há oito meses e há uma eternidade.

— Já vou! — grito, descendo as escadas correndo.

— E aí — diz Leo, assim que abro a porta. Está com um terno que não reconheço e um sorriso presunçoso que conheço muito bem. — Bora?

É um caminho longo até o teatro, e Lucas vai no banco de trás, enquanto converso com Leo. Assistir a peças sempre me deixa nervosa: como é a primeira vez que a minha mãe vai ao palco desde que foi para a televisão, a ansiedade é ainda maior. E se algo der errado? Seria tão bom saber que não vai... Ou até que vai, pra me preparar melhor. Bom, tem alguém que deve saber.

Não. Não deve não. As coisas mudaram muito, ela mesma disse. Não tem como a minha mãe ter feito a mesma peça no outro futuro.

A última vez que vi Má foi no terraço do shopping, quando descobri a verdade. Depois disso ela desapareceu. Falou que mudou de escola, sumiu das redes sociais, e nunca voltou. Não sei por que não falei dela pra ninguém. Leo continuou procurando LB, mas empacou, e, com as peças que ajudei a encaixar, a obsessão dele deu trégua. E eu não pensei muito nela. Não quis pensar no que ela falou sobre o meu pai e sobre mim... Me distraí com Leo, com os estudos, com apresentar Júlia pro Lucas... E uma semana passou, depois duas, depois dez, e quando vi já estávamos em outubro.

Estou indo bem nos simulados, e, com as minhas notas, passar em produção audiovisual parece tranquilo. Leo me mostrou muito do trabalho do YouTube, e o lado por trás das câmeras é muito legal! Parece algo que vou gostar de fazer por um bom tempo. Não sei se esse é o jeito que uma Pessoa Séria toma uma decisão, mas parece. Se conformar, e viver a vida. Seguir o caminho que todo mundo segue. Não pensar muito fundo nas coisas pra continuar feliz. Se a maioria das pessoas for Séria, então esse é mesmo o caminho.

Será que é isso que eu fiz na outra realidade? Ou foi direito mesmo? Tiro o celular do bolso, pensando que, por mais que todos os contatos dela tenham sumido, ainda existe aquele e-mail de duas letras. Eu podia escrever alguma coisa.

Mas, como sempre, guardo o celular de volta.

capítulo trinta e oito

Quando saímos do carro, o teatro já está cheio. Há uma multidão na escadaria, e Lucas entra na nossa frente, ajudando a nos esconder. Ele ficou bom em fazer isso, para minha eterna gratidão. Não quero que metade do teatro venha falar comigo, a filha da atriz principal, perguntar se estou nervosa, pedir detalhes, enquanto a outra metade vai falar com Leo. Depois do vídeo que ele usou para me contar que era o Pensante, ele se revelou para o resto do mundo. Fez um vídeo bem longo, bem *pensante*, explicando a motivação dele... Mas eu namoro o Leo há meses; entendo um pouco do que se passa na cabeça dele. Ele cansou de ser tão *pensante* o tempo todo. Acho que ele tá mais feliz assim, fazendo *streams* casuais entre os vídeos mais densos. Gosto de pensar que isso tem um pouco a ver comigo.

— Ufa — diz ele assim que entramos, longe da multidão. — Vai lá desejar boa sorte pra sua mãe?

— Não sei. Ela disse que eu posso ir vê-la no camarim, mas vai que incomodo ela, desconcentro...

— Vocês viram a Júlia? — pergunta Lucas, olhando o celular. — Ela disse que já tinha chegado.

— Não — respondo, erguendo a cabeça para olhar.

Reconheço muita gente, entre críticos de cinema, colegas de novela da minha mãe, uns atores do YouTube que conheci naquela festa que dei vexame... E, parada do lado da bilheteria, Ester. Está com um cara alto, que sussurra algo no ouvido dela. A imagem é perturbadoramente parecida com a festa de quinze anos dela.

— Aquela não é a Ester? — diz Leo. — A sua ex-melhor amiga?

— Não é bem ex... É só que...

— Que você não conversa com ela há meses, desde que ela disse que achava que você tinha uma paixão platônica por ela. — Leo bufa. Vejo ele se esforçando para ser paciente. — Não é bem o retrato de uma melhor amiga.

Ela tem que saber que eu estou aqui, não tem? Ela pode ter vindo na esperança de falar comigo, quem sabe me apresentar o namorado... Será que eu deveria ir falar com ela? É a coisa certa a fazer. A coisa Séria. Eu falo que ela estava... errada? Certa? O que eu falo? Eu estar namorando o Leo prova alguma coisa pra algum dos lados?

Lembro de quando contei o que aconteceu a Lucas. Na época imaginei que ele ficaria surpreso, mas ele tratou como óbvio. "Qual é, Malu, até eu imaginava, e olha que eu sou tão tapado que você achou que tinha uma explicação sobrenatural pra isso. Eu via o jeito que você olhava pra ela. Sempre que ela estava por perto você parecia tão mais feliz... Quando eu li a coisa da festa dela, pensei que era óbvio. Do jeito que você gostava dela..."

Como fiquei com raiva dessa resposta. Mas isso faz meses.

— Vou lá falar com ela — digo, sem saber ao certo para quem.

— Faz bem — diz Leo, sorrindo, parecendo orgulhoso. — Vou entrando. Bora Lucas, quem sabe a Júlia já esteja sentada.

Leo solta uma piscadela brincalhona para mim e arrasta Lucas pelo braço até as portas que levam à plateia. Inspiro fundo meia dúzia de vezes, meio arrependida pelo que falei, querendo arranjar uma desculpa para não ter que ir conversar com Ester... Mas, de novo, é a coisa certa a se fazer.

Pensei muito sobre o que é ser uma Pessoa Séria durante o ano. Talvez seja fazer o que eu fiz: estudar, namorar, viver uma vida normal. Talvez seja a capacidade de superar o que aconteceu, como a vergonha e arrependimento que sempre vinham quando eu pensava em tudo que fiz com Lucas, ou a força para encarar verdades duras, como a morte de alguém próximo. Fico pensando se uma Pessoa Séria teria deixado a Má sumir. Se teria a denunciado ou exposto, ou, no mínimo, contado pra alguém. Foi Ester quem disse que eu segurava o que sentia, não foi? Que mentira! Eu expresso bastante quanto eu gosto do Leo. Conto tudo pra ele. Tudo menos o que penso sobre a Má. O quanto penso...

Meu celular vibra na bolsa. Ester.

"Malu, você tá no teatro?"

Ela veio mesmo pra falar comigo. Depois de eu ter dado piti e mandado ela embora, depois de meses a ignorando... A Ester é minha amiga de verdade. Ela só queria o meu bem. Bom, hora de engolir o ego e pedir desculpa.

"Tô te vendo, já vou aí", respondo, abrindo caminho na multidão.

Ninguém me dá atenção: atravesso o fluxo, tendo vislumbres de Ester entre as pessoas. Desvio dos rostos conhecidos, não querendo ser abordada... E, entre os passantes, vejo uma silhueta familiar. Não vejo o rosto, e é um cabelo castanho na altura dos ombros, mas...

Não. Não pode ser ela. Ela sumiu total, e é um cabelo castanho, normal, sem graça. Mas é da mesma altura, e o corpo, o jeito que anda... Será que ela teria vindo até aqui? Tem alguma chance disso?

A figura não está indo em direção à plateia. Faz um desvio, até um corredor nos fundos. Sigo-a, desviando de todo mundo, tentando não perdê-la de vista, e quando viro a esquina o corredor está vazio. Banheiros. Abro a porta do banheiro feminino, e, no espelho, vejo alguém que reconheço muito bem.

— Malu! — diz Júlia, voltando-se para mim e abrindo um sorriso enorme. — Que cara é essa?

— Ah, eu... — Olho para os lados. Estamos sozinhas ali. — Eu achei que tinha visto...

— Quem? LB?

Júlia ri, terminando de enxaguar as mãos, e a acompanho, com menos entusiasmo.

— Na verdade, que bom que te encontrei — digo. — O Lucas tava te procurando. Ah! Eu terminei o seu livro! Júlia, é incrível!

O sorriso de Júlia murcha.

— Que bom...

— É sério! Eu até chorei no final! É muito bom mesmo!

— Malu, a gente pode não falar do livro? — Ela olha por cima do ombro, certificando-se que estamos sozinhas. — Você sabe bem como eu me sinto a respeito. O 2022 é o meu sonho realizado e destruído. Se eu fosse voltar no tempo, tipo LB, eu nunca teria escrito...

— Não entendo por que você não tem orgulho desse livro, Júlia, tipo...

— Como não entende? — Júlia aperta os lábios, irritada. — Eu não tive que inventar nada! Eu só mudei algumas coisas, mas não o suficiente, e eu sabia de tudo... Eu podia ter agido conforme o que eu sabia, eu podia...

— Não vai por esse caminho, Ju — digo, entristecida. — Você não tinha como saber que tudo era verdade. E algumas coisas nem aconteceram, então como você ia adivinhar? E, mesmo que soubesse, você ia tentar consertar tudo? — O rosto choroso de Má, no terraço do shopping, surge com tudo. *Eu queria voltar pro futuro onde a gente tava junta, e descansar dessa vida de adolescente responsável por arrumar tudo de ruim que aconteceu no mundo.* — Que nem a Má...

— Que nem a quem?

— A... — *Putz. Deixei escapar.* — Esquece.

Júlia me olha com cara de paisagem, sem piscar. Quase vejo fumaça saindo dos ouvidos dela. Abro a boca para tentar consertar, ou confundi-la, mas não dá tempo: Júlia arregala os olhos ao máximo, e a boca dela se escancara.

— Meu Deus, aquela menina que mudou de escola. Do cabelo colorido. A menina que sumiu. Não, você não tá me dizendo que ela... Maria Luísa... *Breves?* LB?

— Por favor, não conta pra ninguém.

— Era *ela*? O seu futuro namorado? É, faria sentido...

Meu primeiro reflexo é ficar com raiva. Sinto as bochechas esquentarem, os punhos se fecharem... Mas o que eu ganho ficando com raiva disso? Já passei meses, anos, ficando com raiva. E sem motivo.

— Por que todo mundo acha isso? — digo, mais confusa do que qualquer coisa. Uma parte de mim imagina a Má ali, levantando o polegar, aprovando minha calma.

Júlia pisca, também confusa.

— Malu, você não gosta de meninas? Desculpa se eu tô errada, mas *eu* gosto de meninas, e peguei essa vibe de você. — Ela ri. — Lembra de quando caímos no sono no sofá? Você me olhou de um jeito, eu até achei que você ia tentar me beijar...

— Cala a boca — digo, meio rindo. — Não fala que eu sei do LB, por favor. Eu não contei pra ninguém. Depois te falo dos detalhes.

Uma voz soa pelo banheiro, e entro em pânico até entender que são os alto-falantes, dizendo que a peça vai começar em quinze minutos.

— Droga, eu queria desejar boa sorte pra minha mãe!

— Não que ela precise — diz Júlia, piscando para mim. — Vem!

Júlia passa por mim, e não me mexo. Quando ela chega na porta, falo:

— O livro já veio pronto?

— Quê? — diz ela, virando-se para mim.

— O 2022. Eu preciso te falar isso, antes que eu esqueça. O livro já veio pronto?

— Eu sabia tudo que ia acontecer, Malu — diz Júlia, impaciente. — Você viu os papéis que LB me mandou. Por que você fica insistindo nisso?

— Porque não foi o futuro que me fez chorar no final.

Júlia franze o cenho, ainda agarrando a maçaneta do banheiro. Continuo:

— Essa coisa do futuro chama muito a atenção, sim, mas não foi o que me fez amar o seu livro. Nada do que eu gostei de verdade é o que LB te deu. É o que veio de você.

— O que tem de bom no livro fora o futuro? — diz ela, com escárnio.

— Os personagens. A vida que você deu pra eles... Júlia, acredita em mim. Você manda bem. Quero ler mais coisas suas.

— Mas como eu posso escrever mais? Como que faço algo maior do que o grande romance brasileiro do novo milênio, que previu o futuro?

— E precisa? Você até matou a Simone! O que você queria escrever antes de receber a carta de LB?

Júlia me encara, pasma, a mão deslizando lentamente pela maçaneta do banheiro.

— Muita... muita coisa. Eu só queria ser escritora.

— Então — digo, sorrindo. — Isso você já é.

— Você... acha?

— Tenho certeza. — Agarro a mão dela. — Vem!

Júlia anda com os olhos arregalados, parecendo longe dali. Já ouvi tanto desabafo dela sobre escrever, os pais dela vendo o mal que fez e a incentivando a desistir, Lucas com medo de abordar o assunto... Algo parece clicar na mente dela.

— Acho que... — começa ela, enquanto andamos até a plateia — posso tentar. Escrever eu mesma. Brigada, Malu. Que saco, sempre é você me ajudando! No que eu posso te ajudar?

Espero que a sua primeira impressão da Júlia seja melhor, ela vai te ajudar muito.

— Talvez já tenha ajudado.

capítulo trinta e nove

Quando anunciam o intervalo, o teatro vira uma confusão. Procuro por Ester, mas tanta gente se levanta ao mesmo tempo que fica impossível encontrá-la. Quem sabe lá fora.

— Vamos sair um pouco? — digo para Leo.

Ou pelo menos para quem achei que era ele: na confusão de levantar, acabei falando para um senhorzinho bigodudo, que sorri, sem graça. Arregalo os olhos e me enfio na multidão, procurando um lugar para me enterrar.

O saguão do teatro não é dos mais amplos, e a rua logo na frente está lotada. Procuro por Ester, ou Leo, mas só encontro Lucas.

— Nossa, que avalanche… Quase fui levada até em casa — digo, rindo.

Lucas ergue os olhos do celular, olha para mim, e volta a digitar.

— O que foi? — digo.

— Não acredito que você não foi falar com a Ester.

— Ah, é que…

— Pô, Malu, faz meses! Ela ficou muito mal com o que aconteceu, vai lá conversar com ela, vai.

— Eu ia conversar com ela! — digo, irritada. — Se você não tivesse me interrompido, eu teria explicado como eu quero ir, mas encontrei a Júlia, e no final não deu tempo.

— *Não deu tempo* — diz ele, estalando os lábios.

— É tão difícil assim acreditar nisso?

— Olha, um pouco. Quer dizer, se "conversar" for conversar de verdade, e não só pedir desculpas e fingir que nada aconteceu…

— O que você quer dizer com isso?

Lucas bufa. Ele inspira fundo, acalmando-se, antes de falar.

— Eu fiquei tentando entender por que você me tratou daquele jeito no começo do ano. Quando achava que eu era LB. Fiquei me perguntando por que você achou que eu não ia simplesmente te falar como eu me sentia. Parece que, pra você, esconder esse tipo de coisa é natural.

— Mas eu achei que, se você fosse LB, você teria motivos pra esconder.

— É mesmo? Às vezes parece que você precisa de alguém te cutucando pra falar as coisas. Você nunca nem considerou falar sobre como você se sentia pra Ester, ou contar da festa. Você segura tudo.

— Mentira! Eu já falei pro Leo que eu gosto dele!

— É. Só demorou *quatro meses* — diz Lucas. — Depois de passar todo esse tempo só dando a entender que você gostava dele.

— Ele... Ele te contou?

— Ele ficou pirando — diz Lucas, soltando um riso seco. — "A Malu fez tal coisa, o que isso significa?" Você passou muitos sinais conflitantes pra ele. Nossa, não acredito que servi de cupido pra você uma vez na vida... Enfim, o meu ponto é que você pode admitir que você sentia algo assim. Não tem problema. É passado.

— É — digo, inspirando bem fundo. Espero Lucas continuar, mas ele só me olha. Expiro com força, e meu corpo treme conforme falo. — Posso... quem sabe... admitir que eu gostava um pouco da Ester. Não seria... tão ruim. Passou. Depois da festa dela, eu prometi que eu não ia sentir mais nada assim. Olhando agora, não parece a coisa mais saudável a fazer.

— Né? — Lucas suspira, aliviado. — Que bom ouvir isso de você, Malu.

— Isso — digo, trêmula. — É passado.

Foi só com a Ester, penso, mas não digo. Seria tão fácil achar isso. Acreditar que foi uma vez, e nunca mais vai acontecer. Mas não parece verdade. Lembro da minha raiva de Júlia, no começo das aulas... E de beijar a Má.

— Ih, olha lá, é a Ester! — diz Lucas, apontando. — Vai lá!

capítulo quarenta

Ser igual à minha mãe tem pelo menos uma vantagem: todo mundo me reconhece. Entro com facilidade pelos bastidores, cheios de movimento, sorrisos, agradecimentos, elogios, e até lágrimas. Foi uma peça incrível. Eu mesma sinto os olhos inchados de choro. Não só pela peça, também.

Me desculpa, Ester. Você tava certa. Sobre tudo. As palavras ainda correm pela minha cabeça. Eu temi falar algo assim por tanto tempo, escondi por tanto tempo, menti pra mim mesma por tanto tempo... Mas Ester só me abraçou, e pediu desculpas também. Por não ter falado antes, por não ter feito nada, por ter falado aquilo sobre o meu pai... O que deveria ser uma conversa longa acabou sendo só cinco minutos de abraços, desculpas e choro antes da peça voltar do intervalo. Mas me sinto bem. Me sinto ótima, na verdade. Desviando de atores secundários e do outro pessoal da peça, imagino como vai ser apresentar Leo para ela! Tenho tanto a contar...

Encontro o camarim da minha mãe entreaberto: ela me mandou uma mensagem há pouco, dizendo para eu ir encontrá-la lá. Abro a porta com um sorriso, que logo morre.

— Oi, Malu! — diz Jorge, o namorado dela. Abro um sorriso falso que deve ser um insulto para ele e todos os atores ali. Ele me cumprimenta com um abraço e um beijo, que mal retribuo.

— Você pode ir pegando o carro? — diz minha mãe, sorrindo para ele. — Eu tô exausta. Tinha esquecido quanto uma peça é cansativa. Agora só quero tomar um banho e dormir.

Jorge assente, e logo sai do camarim. Só quando ele abre a porta consigo sorrir de verdade, e correr para abraçar a minha mãe.

— Mãe, foi incrível!

— Obrigada — diz ela, abraçando-me de volta. — Fico feliz que você gostou. Isso aqui... é quem eu sou.

Afasto-me dela, franzindo o cenho. Minha mãe tem o mesmo sorriso de antes: aberto, perfeito, contente. Mas capto algo no tom dela que me diz que está incomodada. Logo some, mas ela nota meu cenho franzido, e sorri.

— Ah, eu te ensinei bem demais — diz ela. — E agora não consigo mentir nem pra você.

— O que foi? Você tá chateada?

— Esperava que, a esse ponto, você fosse um pouco mais receptiva com o Jorge. Ele é ótimo...

Abro a boca, mas não digo nada. Só conversamos sobre ele uma vez, mas foi uma conversa atrapalhada, atravessada pelo sermão que levei por ter bebido, passado mal, dado vexame e tudo o mais. Não conversamos mais sobre Jorge desde então.

Minha mãe parece ler o que penso, e imagino como vai ser a conversa. Sei o que ela vai dizer — "ele é um cara muito legal", "está sendo ótimo pra mim, e pode ser bom pra você também", "dá uma chance pra ele" —, e vejo que ela sabe o que vou retrucar — "não preciso de outro pai", "não acredito que você já esqueceu", "como você pôde". Eu e ela sabemos como aquela conversa vai acontecer. Então, para a minha surpresa, ela suspira e muda de assunto.

— Hoje foi a segunda vez que interpretei a Ana Paula de verdade. Você prestou atenção?

— Claro que prestei — digo, ofendida. — Ela perdeu o marido... e você interpretou tão bem. Naquele dia, depois que quase morri no shopping, você me explicou. Você consegue interpretar ela tão bem porque entende a situação que ela tá, né? A tristeza...

— Não é bem tristeza.

Pisco algumas vezes, recuando.

— Como assim? Ela não estava triste?

— Sim, estava — responde minha mãe, séria. — Mas pense bem em como era o personagem do marido dela. Na sutileza do roteiro. Ela tinha motivos para estar triste... Mas também tinha motivos para estar aliviada.

— Mãe, do que você tá falando?

— A penúltima vez que interpretei essa peça, antes de hoje, me fez famosa. E eu acho que é porque a minha interpretação foi além do óbvio. Todas as outras Anas Paulas interpretam a tristeza da personagem, mas não o alívio. A morte do marido dela foi, a longo prazo, bom para a personagem. E quando seu pai faleceu eu entendia essa tristeza, claro, mas entendia também o alívio.

Minha boca pende aberta. *Ele te... te...* As palavras de Má, que me causaram pesadelos por semanas.

— Eu sei que você amava o seu pai. Eu também amava. Mas ele não era a pessoa mais calma do mundo. Eu olhava para você e a Ester, eu via como ele olhava para vocês duas, e... Eu ficava com medo.

— Medo?

— Ah filha... — Minha mãe acaricia o meu rosto, uma lágrima se formando no olho. — Você ainda é muito nova, e eu vou continuar te amando não importa como você seja. E me dói falar isso, mas, pensando agora, eu não sei se o seu pai diria o mesmo.

Eu voltei no tempo no dia do seu funeral.

— Eu sei que deve ser difícil pra você aceitar isso, mas é a verdade. Eu fiquei arrasada quando ele morreu, sim... Mas uma parte de mim ficou aliviada. Porque eu sabia que não precisava mais me preocupar com ele te fazendo mal.

capítulo quarenta e um

— Malu.

Ergo a cabeça e dou de cara com a máscara de Pensante. É difícil saber o que Leo está pensando enquanto a veste; acho que esse é parte do propósito. Só percebo agora que ele terminou de filmar. Ando ajudando Leo com os vídeos, ajustando o equipamento, verificando o enquadramento, e parando de filmar, coisa que esqueci de fazer. Esqueci, inclusive, de prestar atenção no que ele dizia.

— Onde você tava? — diz ele, tirando a máscara e rindo. Paro a gravação enquanto ele desliga as luzes.

— Não sei — minto. — Na faculdade.

O vestibular foi mais tranquilo do que eu imaginava. No começo do ano achei que eu ia pirar, ficar estudando obsessivamente, ansiosa com a ideia de não passar, mas quando chegou a hora não me preocupei com essas coisas. O trabalho nos vídeos de Leo é legal, mas agora, alguns meses depois, sei lá se é isso mesmo que quero da vida. Bom, também não é como se eu fosse obrigada a fazer isso pra sempre. As aulas começam em umas poucas semanas, e mal ando pensando nisso.

A noite segue como tantas que já passamos juntos. Jantamos uma comida nova e esquisita que Leo sempre quis experimentar, assistimos um filme denso, sobre moralidade na guerra e esses assuntos que ele adora. Lembro das minhas formigas, abandonadas... Leo riu de mim quando falei que eu adorava o jogo. Não tive coragem de dizer que falei sério.

No final estamos os dois olhando as estrelas, deitados no sofá da cobertura, acima da cidade. É exatamente assim que imaginei que seria com ele. Só não imaginei que eu me sentiria assim.

— Leo, me fala uma coisa. O que você acha que é uma Pessoa Séria?

— Como assim? Tipo alguém que nunca ri?

— Não, tipo, alguém maduro. Pensei muito nisso no começo do terceiro ano. Será que todas as burradas que eu fiz serviram pra alguma coisa? O que será que eu deveria ter aprendido?

Leo fica em silêncio, refletindo sobre o que eu disse, antes de falar:

— Olha, Malu, não vou dizer que sei como é ser uma pessoa madura. É fácil fazer o Pensante ser maduro, passo horas pensando em cada palavra que ele diz. Mas eu mesmo, como pessoa... Não sei se tenho uma resposta que vai te satisfazer.

— Perguntei pra minha mãe no começo do ano e ela me disse que uma Pessoa Séria é alguém que não tem medo de ser quem ela é.

— Boa resposta — diz ele, cruzando as mãos atrás da nuca. Viro-me para ele e vejo só sua silhueta, iluminada pelas estrelas. — Mas posso complementar? Tipo, não ter medo é muito fácil. Às vezes a ignorância nos dá uma confiança infundada.

— Como assim?

— Não vou dizer que é fácil, mas muita gente não tem medo das coisas por não saber as consequências delas. Eu diria que uma Pessoa Séria é alguém que não tem medo de ser quem é *porque entende quem é*.

Assinto devagar, sorvendo as palavras.

— É nisso que você anda pensando? — diz Leo. — Nos últimos dias parece que você não tá aqui.

— Sim — digo e então paro. — Não. Desculpa. É que hoje faz um ano que recebi o e-mail de LB. Achei que você ia continuar procurando por ele.

Ela, corrijo, mas não digo.

— É que agora ficou meio inútil, né? Você leu o rascunho do *2027* que a Júlia mandou?

— Mais de uma vez — digo. O livro é ótimo, mas, realmente, erra em várias previsões. Júlia disse que vai mudar de nome, transformar em uma história que, por acaso, se passa em uma versão do futuro. — Mas achei que você ia ficar curioso pra conhecer LB. Você gastou tanto tempo nisso.

Leo volta-se para mim. Percebo uma dúvida nos olhos dele, e ele assente, parecendo tomar uma decisão que rumina há tempos.

— Sei que você nunca falou disso, mas, já que você puxou o assunto... Eis a minha teoria.

Leo senta-se de uma vez, fechando os olhos e erguendo uma mão, bem dramático.

— Eu acho que LB era a Má. A outra Malu, do cabelo colorido, que sumiu depois da primeira semana. Ela é LB, e você não quis me contar porque você odeia ela porque ela causou a morte do seu pai.

Leo fala num tom tão jovial que nem parece um assunto tão sério. Tento ficar com raiva, ou triste, mas é até um pouco engraçado.

— Não acho que ela *matou* o seu pai — continua ele —, não tão intencional. Só tentou impedir alguma coisa, tipo ele machucar a sua mãe, coisa assim.

— Não — digo, rindo do modo nerdão do Leo. — Quer dizer, nossa, você acertou quase tudo. Mas o final não é bem isso. Não foi porque ele machucava a minha mãe. É porque, na outra linha do tempo, ele me mata quando descobre que sou bissexual.

Falei ainda rindo, sem dar importância às palavras. Arregalo os olhos, e levo uma mão à boca.

— O que foi? — Leo abre os olhos, parecendo se arrepender. — Desculpa, eu fico empolgado com as minhas teorias, não devia falar assim tão leve sobre o seu pai, e...

— Não, não é isso. É só que... eu sou bissexual.

Olho para Leo com receio, esperando uma reação, seja nojo, desprezo, raiva. Expressões que, agora, lembro de ver tantas vezes no rosto do meu pai.

Leo só pisca uma vez, e assente.

— Ok.

— Ok? — pergunto. — Só isso?

— É. Normal. Como você achou que eu ia reagir? Achei que você tinha visto os meus vídeos sobre sexualidade.

— Não vi, na verdade. Eu não pensava nisso até, bom, este ano. Eu tinha um pouco de medo, acho. Hoje foi a primeira vez que falei isso em voz alta.

— Legal — diz ele, abrindo um sorriso tímido. — Mas que saco, isso que aconteceu com LB, no final. Eu liguei os pontos poucos dias depois, mas tava esperando você me contar.

— Desculpa — digo. — Acho que ainda tô processando...

Ficamos em silêncio. Tem muito silêncio nesses momentos com ele. Lembro de Júlia falando sobre como realizou seus sonhos, mas não sabia bem o que queria... Mas eu quero isso, certo? No outro futuro isso aconteceu também. Mas no outro futuro...

— Leo, me fala uma coisa. Imagina que você sabe que você vai fazer alguma coisa. Tomar uma decisão que, no presente, não faz sentido pra você.

— Você tá perguntando se existe livre-arbítrio? — Leo arregala os olhos, expirando com força. — Discussão complicadíssima. Nem me arrisco a fazer um vídeo sobre.

— É, mais ou menos... Só que a decisão não faz sentido, sabe? Como você lidaria com isso?

— Eu procuraria motivos interiores. Nada te faz pensar que essa decisão faria sentido?

Leo volta-se para mim. Não respondo.

capítulo quarenta e dois

— Que cara é essa? — diz Ester. Entre as outras pessoas entrando e a música que sai dos alto-falantes, mal ouço. — É a sua primeira festa de faculdade!

— É — digo, desanimada. Não imaginei que seria tão barulhento, ou tão cheio. Acho que Leo falou tanto que odiava esse tipo de coisa que acabei ficando com um certo preconceito. Não parece que dá pra conversar com ninguém aqui.

Ester me puxa para um abraço.

— Ai, Malu, sei que é difícil, mas passa. Uma bebida ajuda. Vodca com energético?

— Pelo amor de Deus, não — digo, sentindo ânsia de vômito só de lembrar do gosto. — Só água pra mim.

Ester assente, animada, puxando João pelo braço, até o bar. Ele até que é um cara legal. Lucas e Júlia chegaram mais cedo, e devem estar em algum lugar. Caminho sozinha, ainda me sentindo estranha por estar *sozinha*, procurando pelos dois, sem sucesso. Parece que a faculdade inteira está ali! Vejo meus colegas em um canto, gente que mal sei o nome ainda, e desvio, procurando um lugar mais silencioso. Logo acho: longe do palco, onde a banda se prepara para tocar, há um deck de madeira, vazio àquela hora.

Não. Há uma pessoa ali, de costas para mim, olhando o céu.

Eu tinha imaginado que isso podia acontecer. Não nesta festa, mas assim, ao acaso, num dia qualquer. Algumas coisas simplesmente acontecem, né. Ela não me vê enquanto chego perto, pensando no que dizer, mas quando falo só sai uma palavra.

— Oi.

Má se vira devagar, e trava ao me ver. Reconheço os piercings, os olhos, o batom preto, mas não o cabelo castanho, na altura dos ombros.

— Oi — responde ela, parecendo um robô.

— Gostei do cabelo. Antes era incrível, mas assim também combina com você. É a cor natural?

— É — diz ela, ainda paralisada. — Como você sabia que eu ia estar aqui?

— Eu? Você que devia saber! Não é aqui que a gente se conhece?

— Não. A gente se conhece daqui a três anos.

— Você fala como se estivesse contando os dias — digo, travessa.

Má não responde. Olha para trás, como se esperasse alguém comigo. O resto da festa se aglomera no palco, de onde saem as primeiras notas da música.

— Cadê o Leo? — pergunta ela.

— Sei lá. A gente terminou — suspiro. Não foi fácil... mas foi a coisa certa. A coisa de Pessoa Séria. — Eu namorei ele por três anos mesmo?

— Quatro. Você dizia que foi difícil porque vocês viraram muito amigos...

— Ele é muito legal mesmo... Mas foi melhor assim. Nunca achei que isso seria problema, mas o Leo é muito sério. E, também, eu sabia que no outro futuro a gente terminava. Tentei disfarçar, mas ele descobriu. E, se você conhece o Leo, sabe que ele não ia conseguir viver com isso.

— Que droga — diz Má. — Eu e a minha boca grande. Sabia que não devia ter contado essas coisas pra você.

— O relacionamento eu entendo, mas e a faculdade? Pô Má, qual é, você podia ter me ajudado! — digo, rindo.

O riso logo morre. Ficamos em silêncio, roubando olhares uma da outra, sem saber muito o que dizer. A música fica mais alta: é melodiosa, romântica, real.

— Eu achei que você nunca mais ia falar comigo — diz ela.

— Eu também.

— O que te fez mudar de ideia?

— Não sei direito. Não dá pra dizer que foi uma coisa só. — Sorrio, ajeitando o cabelo. — Pensei muito em você nesse tempo... E, bom, ano passado recebi um e-mail dizendo pra te dar uma chance.

Má ri, desviando os olhos.

— Você não devia acreditar em tudo que te mandam. Mas, bom, talvez não tenha problema em escutar esse último conselho.

A música preenche o silêncio entre nós. Achei que eu estaria mais nervosa, mas estou tranquila. Foi tão natural ficar amiga de Má, mesmo que a gente tenha se visto por tão pouco tempo. Sinto que não preciso segurar nada dentro de mim.

— Tem como isso funcionar? — pergunto. — Quer dizer... você viveu o quê, quarenta anos? Eu nem fiz dezoito ainda. Não sou chata demais? Imatura, sei lá?

— Um pouco — diz ela. Arregalo os olhos, em choque, e ela ri. — Mas eu também voltei a ser. Nunca fui muito boa em ser adulta. Podemos aprender juntas.

Má termina de falar e depois arregala os olhos, grudando-os em mim. É a mesma expressão que fez tantas vezes quando nos conhecemos, processando a informação. É cômica, sincera... e tão linda.

— Você quer que funcione?

— Não tenho certeza. — Dou de ombros, rindo. — Depende de você. Sendo uma viajante do tempo e tal, minhas expectativas estão altas.

— Você vai descobrir que tem várias vantagens em namorar uma menina — responde ela, igualmente travessa. — Mas não vamos nos apressar.

Má segura minha mão e aperta.

— Então... — começa ela. — A gente pode se beijar agora?

Má se vira para mim, rindo, mas sou eu que chego perto, tirando o fôlego dela. Lembro da festa, e tudo volta. O que senti com ela, a dúvida, a vontade... Foi sempre tão simples? Eu podia ter sido assim desde o começo?

— Agora — digo, quando finalmente nos separamos. — Qual curso eu fiz no outro futuro?

— Matemática — diz ela. — Sem a distração de LB, você aprendeu geometria analítica direito no terceiro ano e ficou apaixonada.

Meu queixo cai.

— Sério?

Má não consegue segurar o riso.

— Não vale! — digo, batendo no ombro dela enquanto ela ri de mim. — O que é então?

— O que faz você achar que a você do futuro sabia o que queria fazer da vida?

— Bom...

Nunca vi a Má sorrir tanto. Tenho uma vaga noção de que estou sorrindo também, que nem uma boba.
— Se ela escolheu você, alguma coisa ela sabia.

Epílogo

O livro de Júlia sai no final do primeiro semestre da faculdade. Vamos todos para o lançamento do que é, para o resto do mundo, o primeiro livro dela. Eu já tinha lido, claro. Eu leio tudo que ela escreve, e fico discutindo com o Lucas. Ele não anda passando tanto tempo comigo, entre os afazeres da faculdade e o namoro, mas ainda arranjamos um tempinho um pro outro de vez em quando.

Leo apareceu no lançamento. Foi a primeira vez que conversamos depois do término, e foi bom. Apresentei Má para ele, e deu para ver a cabeça dele surtando, pensando em todas as perguntas que tinha acumulado para a viajante do tempo. Claro que ele se segurou, mas espero que nos vejamos mais, para ele poder discutir com a Má. O que aconteceu entre nós ainda está fresco, mas imagino que possamos voltar a ser amigos um dia.

Ester ficou radiante quando descobriu sobre a minha relação com a Má. Diz que sempre se preocupou comigo... Por causa do meu pai, também. Acho que só eu era cega a respeito disso. Eu, ela e o João fomos em uma porção de encontros duplos, e ela voltou a responder às minhas mensagens em um tempo razoável. Ela até começou a vir mais pra cidade!

Decidi dar uma chance pro Jorge na mesma noite que apresentei a Má para a minha mãe, num jantar a quatro. Ele até é um cara legal. Talvez ele tenha me feito rir tanto que saiu refrigerante do meu nariz. Talvez. O mais importante é que a minha mãe está feliz com ela. Ela merece.

Eu e Má tivemos um começo mais turbulento. Depois da fase da lua de mel, que durou umas três semanas, começamos a brigar por coisa besta, ela impaciente com a minha criancice, eu sem entender as coisas esquisitas que ela fazia... Mas é normal. No final a gente sempre se perdoava, chorava junta, ria junta, e tudo ficava bem. Má acabou entrando pra faculdade de ciências da computação: ela confessou que nunca contou sobre a viagem do tempo para a família, e achou melhor continuar fingindo. Mas ela falou que tinha juntado uma pequena fortuna, sabendo de investimentos, criptomoeda e tudo o mais... Ela doou quase tudo, mas diz que ainda sobrou mais dinheiro do que qualquer pessoa razoável pode precisar.

Não sei se produção audiovisual é bem a minha, mas Má contou que no outro futuro eu detestei direito, então tá tudo certo. Ainda tenho bastante tempo para decidir o que quero de verdade da vida. E sobre virar uma Pessoa Séria, bom, isso eu tô bem longe. Mas pelo menos agora eu tenho uma noção. Consigo olhar pra tudo que fiz e ficar feliz que meus erros idiotas não causaram tanto problema.

O erro mais idiota, óbvio, foi não ter nem considerado que meu futuro namorado podia ser minha namorada. Mas passou. Aprendi. E tá tudo ótimo.

Ainda não sabemos como a Má voltou no tempo. Má tem medo de estar presa em alguma espécie de *loop*, e, quando tivermos vinte e sete, ela voltar de novo, e ter que refazer a vida. Eu tento confortá-la, mas a verdade é que não temos ideia do que aconteceu, ou como. Até pedimos a ajuda de Ester, que começou a pesquisar esse tipo de possibilidade... Mas ainda há anos pela frente até que a gente descubra alguma coisa.

No fim das contas, é uma incógnita. Quem sabe Má realmente volte no tempo aos vinte e sete. Quem sabe a minha morte não possa ser evitada. No fim das contas, não temos controle sobre esse tipo de coisa. A vida segue, e somos só como as formiguinhas açucaristas, achando que entendemos alguma coisa, tendo sonhos de grandeza, mas estamos todos juntos nessa, tentando entender tudo que nos cerca.

Não me preocupo muito com tudo isso. Algumas coisas simplesmente acontecem. O presente, para mim, é mais do que o suficiente.

FSC
www.fsc.org
MISTO
Papel | Apoiando
o manejo florestal
responsável
FSC® C092828

2021
CARBON
NEUTRAL
SAVE
cerrado

- editoraletramento
- editoraletramento.com.br
- editoraletramento
- company/grupoeditorialletramento
- grupoletramento
- contato@editoraletramento.com.br
- editoraletramento

- editoracasadodireito.com.br
- casadodireitoed
- casadodireito
- casadodireito@editoraletramento.com.br

GRUPO ED. LETRAMENTO